KB268332

Shadow Fox 3
김형신 게임 판타지 소설

초판 1쇄 찍은 날 § 2010년 7월 18일
초판 1쇄 펴낸 날 § 2010년 7월 3일

지은이 § 김형신
펴낸이 § 서경석

편집장 § 문혜영
편집책임 § 주소영
편집 § 서지현 · 이수민

펴낸곳 § 도서출판 청어람
등록번호 § 제1081-1-89호
등록일자 § 1999. 5. 31
어람번호 § 제1-1159호

주소 § 경기도 부천시 원미구 심곡2동 163-2 서경B/D 3F (우) 420-822
전화 § 032-656-4452 팩스 § 032-656-4453
http://www.chungeoram.com
E-mail § chungeoram@chungeoram.com

ⓒ 김형신, 2010

ISBN 978-89-251-2216-8 04810
ISBN 978-89-251-2181-9(세트)

Shadow Fox

SHADOW FOX

김형신 게임 판타지 소설
GAME FANTASY STORY

3
죽음의 계곡

도서출판 청어람

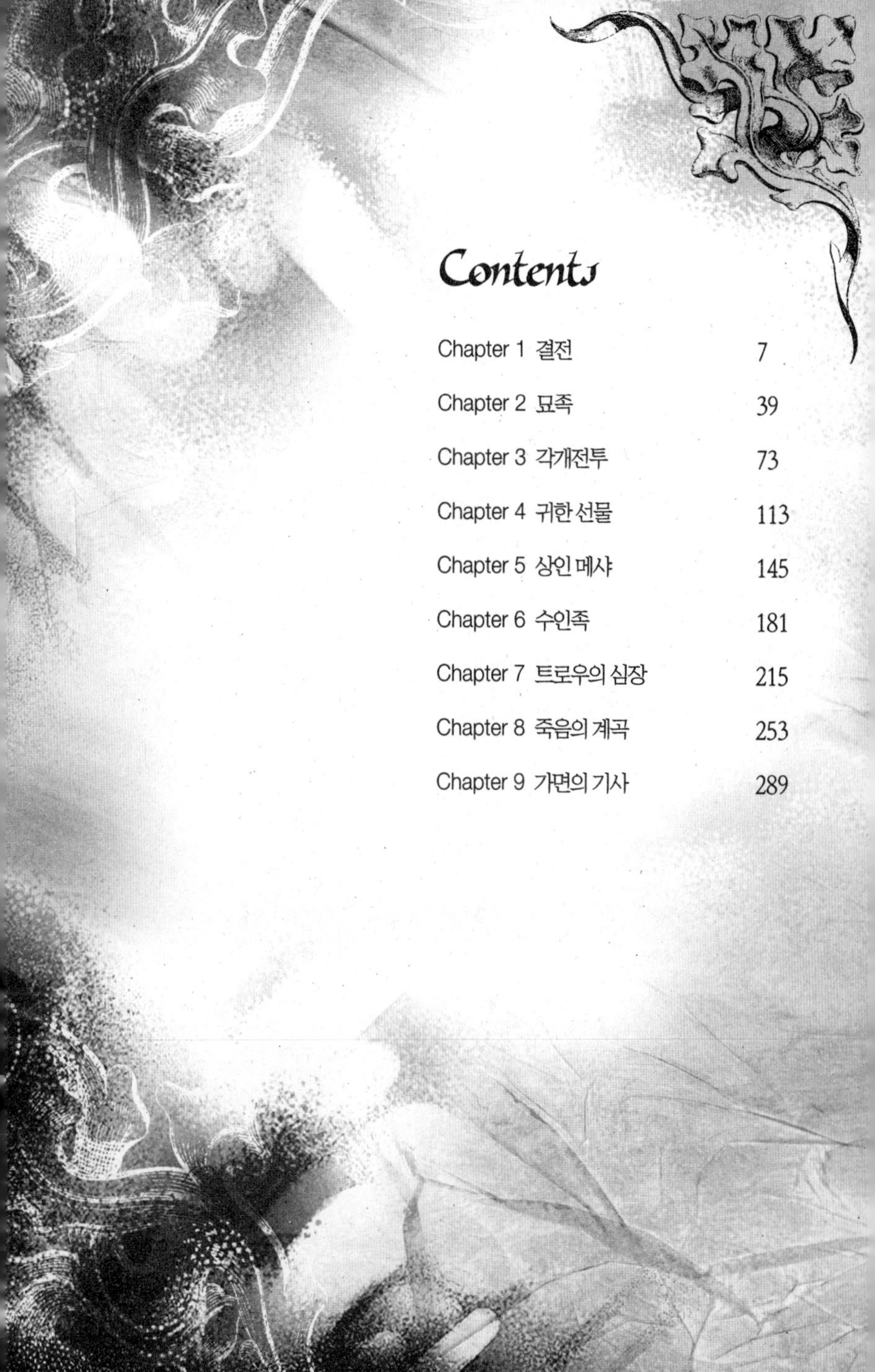

Contents

Chapter 1

결전

"우아아! 드디어 둘이 만났구나!"

"정말 흥미진진하다! 누가 이길까?"

"그토록 기다렸던 PvP가 펼쳐진다!"

진월과 소울의 등장과 함께 유저들의 흥분은 최고조에 이르렀다. 사방에서 귀가 아파올 정도의 외침과 환호성이 터져 나왔다.

진월은 짧게 숨을 내쉬어 떨림을 진정시킨 뒤 경기장 안으로 들어섰다.

곧바로 PvP를 펼치는 것이 아닌 소울과 인사를 나누기 위해서였다.

“때가 왔군요.”

진월이 손을 내밀자 소울은 웃음을 머금으며 마주 잡았다.

“네. 진월님과의 오늘을 기다렸습니다.”

진월은 고개를 끄덕이며 소울을 바라봤다.

짧고 검은 머리카락과 눈동자인 그는 언뜻 보면 차가움이 묻어나는 외형이지만, 그 눈빛은 밝고 따스했다.

“저 역시 기다렸습니다.”

자신이 퀘스트를 하는 동안 소울은 급속도로 성장했다.

현재 그의 유명세는 히든 클래스들하고도 맞먹었다. 아니, 어떤 면에서는 능가한다고 봐야 했다.

그뿐 아니라 방송에도 고정적으로 출연하고 있었고, 그의 PvP 실력은 차원의 틈새 한국 서버뿐 아니라 세계의 유저들에게도 알려졌을 정도였다.

그렇기에 이제는 설령 패배를 한다 할지라도 상관이 없었다. 이제는 그가 강자의 위치에 서 있기에.

“즐거운 PvP 기대하겠습니다.”

진월은 그 말과 함께 신형을 돌렸다.

“네! 15분의 휴식과 함께 진월님과 소울님의 PvP를 시작하겠습니다!”

그와 함께 낯익은 목소리가 귀에 들려왔다. 바로 여우족 마을을 찾아왔던 운영자 시아였다. 그녀는 오늘 PvP의 진행을 맡게 됐다.

“15분이라. 꽤 길게 느껴질 것 같군.”

울트가 진월의 뒷모습을 차갑게 노려보며 중얼거렸다. 그의 눈동자에는 악감정이 고스란히 드러나 있었다.

‘정말 시기심이 강한 남자야.’

그 모습에 립스는 속으로 조소를 흘렸지만 드러내지 않았다.

“그 15분이 지나면 150만 라르크가 생기는군. 아쉬워. 작곡까지 진월에게 배팅했다면 600만 라르크인데.”

“너무 자신하시네요.”

립스가 붉은 입술로 요염한 미소를 자아냈다.

어쩌면 그의 확신이 당연할지도 모르겠지만 진월을 너무 얕잡아 보는 점도 배제할 수 없었다.

아무리 PvP가 알려지지 않은 진월이라 할지라도 그의 데미지는 손꼽히는 수준이니까.

“바위와 계란은 굳이 부딪치지 않아도 무엇이 더 단단한지 알 수 있으니까.”

“어느 쪽이 바위인지는 부딪치기 전에는 모르는 법이죠.”

“그래, 그럴지도 모르지. 하지만 말이야…….”

울트는 진월과의 PvP를 떠올렸다.

진월은 자신과 맞먹는 PvP 실력을 갖추고 있었다. 한데 그런 자신이 레벨이 더 높을 때도 소울에게 졌다.

그러니 레벨을 추월한 소울을 진월이 이길 리가 만무했다.

“다른 유저들은 단지 추측일 뿐이지만 나는 달라. 확신하는 이유가 있지.”

“그 이유가 뭐죠?”

립스가 물어봤다. 그 곁에 있는 작곡 역시 궁금증을 감추지 못했다.

하나 울트는 쓴웃음으로 대답을 대신하며 침묵을 지킬 뿐이었다.

“이겨야 대박인데.”

격장의 초원 한편에 진월과 소울의 친분들을 위해 마련된 자리에서 훈남이 마치 자기가 시합을 앞둔 것처럼 흥분을 금치 않으며 말했다.

“야야! 긴장하지 마! 너에게는 내가 있잖아!”

훈남은 자리에 앉아 깊이 숨을 고르는 진월의 어깨를 툭 쳤다. 그런 훈남의 배려를 느끼며 진월은 고개를 끄덕였다.

“일단 더러운 얼굴 좀 치워줄래? 토 나오거든?”

“……”

“오, 오빠! 진정해!”

발끈하는 훈남과 그를 말리는 에이미를 힐끔거린 진월의 입가에 옅은 미소가 맺혔다.

사실 태연한 척하고 있었지만 전신을 감싸는 긴장감은 어쩔 수 없었다. 그런데 훈남으로 인해 많이 누그러졌다.

“다행히 시간에 맞췄네요.”

“늦었습니다.”

그때 낯익은 목소리와 함께 넷의 고개가 한곳으로 향했다.

대한과 달래가 힘겨운 얼굴로 유저들을 비집으며 모습을 드러냈다.

유저들과의 경계선에서 관계자가 앞을 막아섰지만 진월이 일행이라고 하자 곧 비켜줬다.

“반가워요.”

미리 훈남에게 둘을 불렀다는 얘기를 들은 진월이 먼저 일어나 손을 내밀었다. 같이 사냥을 할 때를 제외하고는 좋은 이들이었다.

그러나 스나의 반응은 격하게 달랐다.

움찔!

얼마 전 겪었던 악몽과 같은 시간들이 아직도 또렷하게 기억났던 것이다.

둘을 다시 만나게 되니 씻고 씻었음에도 불구하고 다시 냄새가 나는 것 같다!

‘정말… 다시는 만나고 싶지 않았는데.’

스나는 그때를 회상하며 저도 모르게 온몸을 부르르 떨었다.

벌레조차 죽이지 못하던 자신이 정말 정령들에게 살인을 청탁할 뻔했고, 학교에서 에이미를 만났을 땐 현피의 욕구가 치밀어 올랐다.

"훈남님과 에이미님도 잘 지내셨… 헉!"

"어머……."

한데 그런 태도는 스나뿐만이 아니었다.

대한과 달래 역시 스나를 발견하자 흠칫했다.

그날 스나가 모두를 위해 요리를 준비했다. 훈남의 얼굴이 사색이 됐지만 그 둘은 이유를 알 수 없었다.

곧 먹음직스러운 고기 찌개가 완성되어 스나가 환하게 웃으며 접시에 담아 건네줬다. 먼저 맛을 본 그녀의 얼굴은 정말 흡족한 표정이었다.

그러자 대한과 달래 역시 붉은색의 매콤해 보이는 찌개를 한입 가득 퍼서 맛을 봤다.

그리고 진심으로 정색하며 주먹을 불끈 쥐었다.

아직도 혀가 그 맛을 기억할 만큼 끔찍한 쓰레기!

만약 훈남이 귓속말로 이유를 설명해 주지 않았더라면, 그의 동생이라 하더라도 멱살을 잡았을지 몰랐다.

> 다솜님이 귓속말을 신청하셨습니다. 수락하시겠습니까?

시합 시간이 10분 정도 남았을 때였다.

서서히 몸을 풀고 있던 진월은 반가운 아이디에 빠르게 수락했다.

[네, 다솜님.]

한데 그녀는 아무런 말도 하지 않았고, 진월은 의아함을 느끼며 재차 말했으나 역시 침묵만이 돌아왔다.

그와 함께 느껴지는 강렬한 시선!

진월은 설마하며 고개를 돌리다 피식, 실소를 흘리고 말았다. 유저들의 틈새에서 다솜이 서 있었기 때문이다.

왠지 그녀답다는 생각과 함께 진월은 직접 그녀를 데리고 돌아왔다.

"이분은 다솜이라고 해. 퀘스트로 친해졌어."

"아하. 반갑습니다. 진월의 뒷바라지를 모두 해온 친구 훈남입니다!"

"훈남 오빠 여자친구인 에이미라고 해요."

"저는 스나예요. 오빠가 소개하는 분은 처음 본다."

"전 대한이라고 합니다."

"안녕하세요. 달래라 해요."

"다솜."

환하게 웃으며 인사를 건네던 모두는 너무나 짧은 그녀의 소개에 당황스러움을 금치 못했다.

그 광경에 진월은 속으로 큭큭거리며 웃음을 터뜨렸다.. 다솜을 처음 만났을 때의 자신을 보는 듯했다.

"아, 아하하. 과묵하신 분이구나! 아, 맞다. 오빠. 내가 준비해 온 게 있는데……."

어색함을 깨기 위해 스나가 애써 웃음을 터뜨리다 무언가를 떠올렸는지 다급히 인벤토리를 열었다.

그리고 정체를 드러낸 것은 다름 아닌 정성이 가득 담긴 도시락이었다.

"먹고 힘내서 꼭 이기라고!"

'소울이 이긴다에 전 재산 걸었냐……?'

화려하고 먹음직스러운 겉보기에도 불구하고 진월은 차마 손을 뻗지 못한 채 식은땀을 흘리며 갈등했다.

스나의 마음을 생각해 준다면 당연히 먹어야 하겠지만 분명 이길 싸움도 지게 만들 맛이 분명했다.

"배고파."

그때 구원과 같은 소리가 들렸다. 진월은 다급히 고개를 돌렸다. 다솜이 먹고 싶다는 듯 도시락을 빤히 쳐다보고 있었다.

현실에서 밥을 먹지 않아 배가 고픈 상황에서 맛있게 생긴 도시락을 보니 군침이 도는 것이었다.

"네. 넉넉히 준비했으니 드셔요!"

스나는 진월의 도시락 말고 다른 도시락들도 푸짐하게 꺼냈다.

그러자 다솜은 기다렸다는 듯 손을 뻗어 맛있어 보이는 고기 튀김을 입안 가득 넣어 씹었다.

그리고 드물게 웃으며 스나를 똑바로 쳐다보며 말했다.

"죽인다."

완전 진심이었다.

소울은 두 눈을 감고 마주한 진월과 자신을 떠올렸다.

PvP를 코앞에 둔 그의 버릇과도 하나인 가상 대결이었는데, 곧 쓴웃음과 함께 두 눈을 떠야 했다.

진월에 대해서 알려진 게 거의 없기에 가상 대결이 그려지지 않았던 것이다.

'이제 정점을 찍는다.'

소울은 길게 호흡을 하며 두 주먹을 불끈 쥐었다. 그런 그의 머릿속으로 지나온 시간이 스쳐 갔다.

히든 클래스에게 도전한 이후, 공개적으로 PvP를 펼쳐 왔으며 이때까지 단 한 번도 진 적이 없었다. 그러나 운이 따라 준 적도 많았다.

쉽지 않게 이긴 상대들도 적지 않았고, 질 뻔한 적도 여러 번이었다.

만약 다음에 다시 PvP를 펼친다면 승패 자체를 장담할 수 없을 것이다.

자신이 노력하는 만큼 그들 역시 레벨 업을 할 테니깐 말이다.

또한 또 다른 PvP에 특화된 준 히든 클래스나 히든 클래스가 나타날지 모르는 일이었으며, 현실 시간으로 아직 세 달이 채 되지 못한 차원의 틈새에 어떤 변수가 나타날지 알 수 없었다.

그렇기에 소울은 자신이 PvP의 절대자라 불리는 시간이 길지 않을 수 있다고 예측했고, 더욱 진월과의 PvP를 기다렸다.

이제 모두가 기대하는 진월만 꺾는다면 한때라 할지라도 PvP에 있어 그 누구도 오를 수 없는 위치에 서게 된다.

단 한 번의 패배도 없이 말이다.

'꼭 이긴다.'

소울은 굳은 각오를 다졌다.

"뭐지? 아직 시간이 남지 않았나?"

"그러게. 5분 정도 남았는데."

"미리 무대에서 기다리려는 건가?"

유저들이 웅성거리며 소란스러워지기 시작했다.

진행을 맡은 시아도 의외라는 듯 초원 안으로 들어서는 진월과 훈남을 쳐다봤지만 말리지는 않았다.

아직 시합 시간은 남아 있었고 이유가 있을 것이라 판단했기에.

그때 진월이 맞은편에서 대기하고 있는 소울을 불렀다.

"소울님, 잠시 나오시겠습니까?"

진월이 미리 나온 이유는 공평하게 싸우고 싶어서였다.

정말 살인을 저지를지 모르는 다솜을 힘겹게 말리고 귓속말로 사정을 설명한 뒤, 자리에 앉아 남은 시간 동안 소울과 자신의 전력을 분석했다.

이미 수없이 해왔지만 마지막으로 머릿속에서 점검했다.

그러다 한 가지 생각이 스치고 지나갔다. 소울이 자신에 대해 아무것도 모른다는 사실이었다.

물론 자신의 패를 굳이 보여줄 이유는 없었다. 그로 인해 PvP를 유리하게 이끌고 나갈 수 있으니까.

한데 이대로 시합하기에는 왠지 모를 거부감이 느껴졌다.

모두가 기대하고 기다렸던 PvP에서 한 명이 유리한 채 시작한다면 이겨도 구설수에 오를 것 같고 말이다.

또한 울트처럼 악감정이 있거나 비공개 PvP도 아니었으며, 소울과는 유명세를 떠나 선의의 시합을 즐기고도 싶었다.

결국 진월은 결심을 굳힌 채 미리 무대 위로 올라왔다.

소울에게 자신의 스킬들을 알려주기 위해서.

"무슨 일이시죠?"

소울은 이유를 알 수 없었지만 순순히 진월의 뜻에 따르며 격장의 초원 안으로 들어섰다. 이제 둘은 자동적으로 서로를 적으로 인지하는 상태가 됐다.

"한 가지 묻고 싶은 게 있습니다. 소울님의 스킬은 모두 공개된 것인가요?"

"그렇습니다."

소울은 숨기지 않으며 대답했다.

아직 밝히지 않은 스킬이 있다던가 새로운 것을 배웠다는 거짓말로 혼란시킬 수도 있었지만 그러고 싶지 않았다.

자신감이기도 했으나 그의 성품이 그러했다.

"그렇군요. 대등하게 붙죠. 제 스킬들입니다. 일격!"

번쩍!

진월의 단검에서 붉은 빛이 뿜어지더니 훈남을 향했다.

"컥! 이 새끼가!"

영문도 모른 채 끌려 나왔던 훈남은 당황을 금치 못했다.

스킬을 보여주는 것만 해도 예상치 못했는데, 예의있게도 자신을 희생물로 쓸 줄이야!

"여우곡! 아우우!"

여우의 통곡과 같은 울음소리가 터져 나왔다.

"물의 파편!"

물방울이 튀었다. 그러나 스턴은 걸리지 않았다.

"선!"

기존 스킬들과 달리 일부를 제외하고는 알려지지 않은 4선이 시전됐다.

폭풍과 같은 움직임으로 그려진 선은 칼날이 되어 순식간에 훈남의 전신을 집어삼켰다.

"폭!"

그리고 마지막 스킬인 폭의 시전과 함께 단검이 불꽃에 휩싸웠다.

"하, 하하."

스킬 시전이 끝나고 진심으로 티격태격 다투고 있는 진월과 훈남을 쳐다보며 소울은 황당함을 머금은 웃음을 터뜨렸다.

대등하게 붙자는 발언과 스킬을 보여준 행동으로 인해 진월의 의도는 이해가 됐다.

한데, 그 누가 이토록 중요한 PvP에서 스스로 유리함을 버리겠는가?

그런 진월이 재미있기도 하면서 더욱 마음에 들었다. 사실 입장이 바뀌었다면 자신이라도 그랬을 테니깐.

"이야. 멋지다. 대등하게 PvP를 하고 싶다라! 정말 꼭 취재하고 싶다!"

민트가 흥분을 감추지 못하며 소리쳤다.

이때까지 기회를 노렸으나 만남은커녕 대화조차 할 수 없었던 진월. 그의 매너있는 태도에 호감이 더욱 커졌다.

"보이기 위한 행동일 수도 있지. 어쩌면 질 때를 대비하는 것일 수도 있고."

"그게 무슨 말이야?"

곁에서 들리는 로얄의 목소리에 민트가 되물었다.

"진월의 PvP 능력은 알 수 없지만 소울에 무게가 많이 실려 있지. 진월 역시 그 사실을 알고 있을 테고. 그렇기에 신사적인 태도로 미리 점수를 얻으려는 것인지도 몰라. 진다 해도 결과적으로는 명성에 이득을 볼 수 있도록. 물론, 그럴 수도 있다는 거야. 너의 생각처럼 정말 남자답게 대등한 PvP를 펼치고 싶을 수도 있지.”

“에이. 진월님이 너무 멋지니까 질투 나서 그러지? 아인아, 그런 것 같지? 아참, 너는 누구한테 걸었어?”

민트는 냉정하게 상황을 분석하는 로얄을 짓궂게 놀리며 곁에 있는 아인을 쿡쿡 찔렀다.

“푸훗. 글쎄. 오빠 말도 맞는 것 같고, 네 말도 맞는 것 같고 나는 모르겠네? 그리고 진월님한테 걸었어.”

“어, 정말?”

아인의 대답에 로얄이 의외라는 듯 물어봤고, 아인은 진월에게서 시선을 떼지 않으며 대답했다.

“진월님은 아직 PvP에 대해 알려진 게 없잖아. 그러니 대다수의 예상처럼 질 수도 있지만 반대로 이길 확률도 있지 않을까 해서.”

아인은 내기에는 관심이 없었다. 하나 로얄이 재미로 해보라며 라르크까지 줬기에 참여하게 됐다.

그런 아인이 진월을 선택한 가장 큰 이유는 바로 그의 외모였다.

우연히 영상을 통해 본 그는 얼굴의 일부를 가리고 있었지만 진원과 비슷한 느낌이었다. 그로 인한 영향인지 체격까지도 흡사하게 보였다.

'분명…….'

아인은 유저들이 함께 외치는 30초의 카운트를 들으며 격장 안으로 다시 들어서는 진월에게서 시선을 떼지 못했다.

'진원이야…….'

설정한 얼굴이 진원과 비슷할 수 있다. 그녀 역시 우연이라고 생각했었으니깐.

하지만 직접 눈앞에서, 가면을 벗은 진월을 보게 되자 우연이 아니라고 확신하게 됐다.

모든 부분이 진원이었다. 눈동자 색만 제외하고 말이다.

두근, 두근.

아인의 가슴이 빠르게 뛰기 시작했다. 그런 아인을 힐끗 바라본 민트가 귓속말을 신청했다.

그리고 곧 진월과 소울의 PvP가 시작됐다.

"일격!"

번쩌억! 콰앙!

0의 카운트와 함께 진월은 회피와 일격을 시전하며 옆으로 파고들었다.

그러나 동시에 사신의 그림자를 시전한 소울이 둘로 나뉜 자신의 그림자로 일격의 데미지를 최소화했다.

‘출혈은 걸리지 않았군.’

진월은 아쉬움의 입맛을 다시며 자신의 목을 파고드는 소울의 검을 다급히 피했다.

지익! 촤아악!

‘짧았어.’

검이 닿지 않았음에도 진월의 목이 얇게 베이며 출혈을 일으켰다. 소울의 스킬 중 하나인 진공 탓이었다.

‘위험했다.’

진공을 알고 있었고, 회피가 시전되는 상태임에도 채 피하지 못할 움직임!

진월은 등에서 식은땀이 맺히는 것을 느끼며 스킬 연계를 시작했다. 쿨 타임을 계산한 세팅이었다.

“일격!”

시작은 쿨 타임이 가장 짧은 일격이었다.

소울은 재차 사신의 그림자로 일격을 방어한 뒤, 진월의 연계를 알면서도 맞불 작전을 펼쳤다.

순간 데미지에서는 자신을 따라올 자가 없었다.

‘뭐, 이런……’

두 번째 스킬인 물의 파편을 쓰려던 진월의 얼굴에 당혹스러움이 서렸다. 설마 방어나 회피를 포기할 줄은 생각지도 못했다.

어찌 보면 짧은 시간 동안 높은 데미지 스킬들을 보유한 그 답다고 생각할 수도 있지만 말이다.

'물러설 수 없다.'

소울의 스킬 연계를 막기 위해 방어 모드에 들어가 봐야 적지 않은 생명의 손실을 입게 될 듯했고, 선두를 빼앗겨서는 이길 자신도 없었다.

그렇다면 자신의 높은 스텟과 새로이 얻은 스킬들의 데미지를 믿는 수밖에 없다.

"물의 파편!"

"사신의 풍!"

물방울들이 흩날렸다. 검은 칼날의 바람이 휘몰아쳤다.

이 와중에도 치명 부위를 노리는 소울의 센스에 진월은 감탄했다.

"4선!"

"사신의 철퇴!"

네 개의 신비한 선이 소울의 사지를 찢고 지나갔다.

하나는 일부러 목을 노렸으나 그 사실을 파악한 소울이 스킬 시전과 함께 아슬아슬하게 피해냈다.

쿠우웅!

그리고 두 손으로 위에서 내려쳐진 사신의 철퇴가 진월의 왼쪽 어깨를 내리찍었다.

진월의 육체가 휘청거렸다. 어깨에서 통증도 밀려왔다. 살이 깊게 베인 것도 모자라 일부 뼈까지 부서졌다.

그러나 차원의 틈새, 부상에 신경 쓸 이유가 없었다.

"폭!"

"사신의 크로스!"

퍼어엉!

불꽃에 휩싸인 진월의 폭이 소울의 왼쪽 팔을 박살 냈다.

근접한 상태에서 심장을 노린 공격에 피할 수 없다고 판단한 그가 왼팔을 들어 올려 희생시킨 것이다.

촤아악!

동시에 진월의 가슴이 X 자로 파이며 피가 솟구치더니 비가 되어 떨어졌다.

'좋아.'

진월은 추가 폭발과 함께 마나가 회복되자 속으로 안도의 한숨을 쉬었다.

소울과의 PvP를 성공적으로 이끌 열쇠 중 하나는 물의 파편과 폭의 추가 효과 발생 확률이었다. 특히 스턴이 있는 물의 파편이 중요했다.

"일격!"

자신의 상처도 돌아보지 않고, 근접한 상태에서 한 걸음

도 물러서지 않은 진월은 쿨 타임이 돌아온 일격을 시전했
다.

스킬 연계의 마지막이었다. 다른 스킬들은 재사용까지 시
간이 걸리는 탓이었다.

일격-물의 파편-선-폭-일격!

파이와 파스의 퀘스트를 통해 갖추게 된 진월의 강렬한 스
킬 연계였다.

그렇지만 소울이 괜히 PvP의 강자라 불리는 것은 아니었
다. 그 역시 아직 한 방이 남아 있었다.

"사신의 통곡."

스파앗!

소울의 신형이 흐릿하게 느껴짐과 동시였다.

푸푸푸푹!

진월은 한 번에 열 개 이상의 검상을 입으며 휘청거렸다.

'데미지가 정말 놀랍군.'

생명을 확인한 진월의 미간이 찌푸려졌다.

예측과 실제로 접하는 것은 다르다. 그렇기에 자신 역시 훈
남을 통해 스킬을 보여줄 뿐, 그가 데미지를 계산할 수 없도
록 했었다.

한데, 직접 스킬 연계를 겪어보니 상상 이상이었다.

왜 그가 PvP에서 강한지 알 수 있었다.

"치열하군요."

립스가 흥분에 떨리는 목소리로 말했다.

소울과 맞서는 진월의 PvP 능력도 놀랍지만, 저 둘이 저토록 무식하고 단순하게 시합을 펼칠 줄도 몰랐다.

각자 스스로에게 자신감이 가득해서일 수도, 혹은 대등하다고 판단했기 때문일지도 모른다.

물론 뜨거운 진검 승부이기에 유저들에게 있어서는 가장 바라는 시합 형태이겠지만 말이다.

"어쩌면 저의 촉이 맞을지도 모르겠네요."

다수의 예상과는 다르게 펼쳐지는 PvP를 바라보며 립스가 웃자, 울트의 미간이 살짝 찌푸려졌다.

심기가 불편했다. 당연히 진월이 질 것이라 믿어 의심치 않았는데!

하나 자신과 대결할 때는 없었던 스킬들을 보유하고 있다는 점과 또 그동안 변화된 스텟 수치를 생각한다면 예상이 빗나가게 될지도 모른다는 생각이 들었다.

'그래서는 안 된다.'

소울이 더 유명해지든 말든 관심없었다.

물론 모두의 주목을 받고 있어 시기심은 끓어오르지만 진월만큼은 아니었다. 또한 진월처럼 나쁜 관계도 아니고 말이다.

그리고 진월이 소울을 이긴다면 자연적으로 자신보다 강

하다는 뜻이었기에 자존심도 뭉개질 것이었다.

'진월, 제발 져라!'

울트의 얼굴에 초조함과 짜증이 서렸다.

그 모습을 곁눈질로 확인한 립스는 속으로 실소를 터뜨리며 얼른 PvP가 끝나기를 기다렸다.

그녀가 이곳을 찾은 가장 큰 이유는 진월과 만나기 위해서였으니깐.

"평타전이 이어집니다! 진월님의 찌르기가 소울님의 어깨를 스칩니다!"

시아의 목소리가 모두에게 울려 퍼졌다.

"이거 정말 대박인데?"

"이토록 터프한 PvP는 처음이다."

"둘 다 치명상만 아슬아슬하게 피하면서 공격에 집중하고 있어."

"누가 이기든 기억에 남을 PvP군!"

유저들은 흥분을 감추지 못했다.

격장의 초원을 찾은 유저들은 물론 생중계를 통해 상황을 지켜보고 있던 모든 이들이 마찬가지였다.

그들은 한순간도 놓칠 수 없다는 듯 시선을 떼지 못하고 있었다.

'역시 나와 같았어.'

평타전으로 돌입하며 소울의 데미지를 받아내는 진월은 확실히 느낄 수 있었다.

스텟과 패시브 스킬들로 인해 엑티브 스킬전과는 달리 평타전은 자신이었다. 한데 막상막하로 맞서고 있었다.

물론 차원의 틈새 시간으로 현재는 낮이고, 야외이기에 직업 스킬이 발휘되지 않았다. 또한 소울의 레벨은 120에 근접해 있다.

즉, 대등하게 싸운다는 것 자체가 능력치로 따졌을 때 자신이 우세하다는 것을 뜻했지만, 만족스럽지 않았다.

자신도 그렇겠지만 소울 역시 마나가 찰 때마다 스킬을 시전할 것이다.

한데 스킬 데미지는 소울이 더 높았으며, 생명 보유량도 많았다.

그렇기에 평타전에서 압도하지 못한다면 패배할 확률이 높았다.

채애앵!

소울이 한 손으로 검을 내려치자 진월은 단검을 재빨리 들어 올려 막았다.

둘의 무기가 허공에서 힘겨루기를 시작했고 잠시 소강상태에 접어들었다.

"재미있군요."

곳곳에서 피가 맺혀 흐르는 소울이 미소를 보이며 말하자,

진월 역시 웃음으로 동감을 표했다.

대등한 상대와 정정당당한 PvP는 즐거웠다.

파앗!

소강상태를 깬 것은 진월이었다.

그는 소울의 검을 옆으로 밀쳐 내며 빠르게 허벅지를 노리며 쇄도했다.

하나 소울은 목표가 된 다리를 한 걸음 뒤로 빼며 검을 내려쳤고, 진월이 옆으로 빠지는 척하며 그의 옆구리를 어깨로 들이받았다.

퍼어억!

"크윽!"

소울의 균형이 잠시 흐트러지자 이번에는 목을 노리며 파고드는 단검! 하나 소울은 재빠르게 검으로 막았다.

끼기긱!

둘의 검이 다시 힘겨루기를 하며 마찰음을 일으켰다.

그때 진월이 입안에 모인 피를 뱉으며 씨익 입꼬리를 올렸다.

"싸움은 무기로만 하는 게 아니죠."

그 말과 함께 진월은 자신의 이마로 소울의 안면을 들이받았다.

푸직!

코뼈가 부러지는 소리와 함께 소울의 코에서 피가 뿜어져 나왔다.

판타지에 대한 환상 때문인지 무투가들이 아니면 유저들은 무기에 많이 의존한다.

진정 기사들처럼 검으로만 말해야 한다! 라고 외치듯 말이다. 그러나 진월은 달랐다.

'뭐, 이런 사람이…….'

소울은 당황스러웠지만 금세 정신을 차리며 걷어차는 진월의 발을 피했다. 그런 소울의 표정은 밝았다.

시작 전부터 의외의 행동을 보여온 진월과의 PvP가 진정 즐거웠기에.

"하아, 하아……."

"허억, 허억……."

PvP가 막바지에 이른 시점. 진월과 소울 모두는 지친 상태로 거친 숨을 몰아 내쉬었다. 격장의 초원에서는 체력의 소모가 빠른 탓이었다.

'스킬 한 대면 끝난다.'

진월은 자신의 남은 생명과 소울의 스킬 데미지를 계산하며 회복된 마나를 확인했다.

현재 600이었다. 지금 상태에서 일격을 쓸지, 아니면 스턴을 기대하며 물의 파편을 사용할지 갈등됐다.

그도 아니면 200을 더 모아 선이나 폭을 발휘할 수도 있었다.

'스턴은 안 걸릴 수도 있어. 그럴 경우 완전히 끝나는 것과 다름없다. 그리고 800까지 기다리기에는 그전에 내가 죽는다.'

순식간에 상황 판단과 함께 결심을 굳힌 진월은 조심스레 소울을 쳐다봤다.

현재 그의 마나 게이지는 스킬 두 개 정도를 시전할 수 있는 수준이었다. 누가 먼저 적중시키냐가 관건이었다.

또한 진월의 경우 이기기 위해서는 출혈까지 걸려야 했으며, 출혈이 걸리면 보기 사납다 할지라도 도망치며 시간을 끌어야 했다.

그래야 이 PvP의 승자가 될 수 있었다.

"소울님."

"네?"

진월이 조금씩 전진하며 말을 꺼내자 소울은 경계를 늦추지 않으며 대답했다.

"오늘 정말 즐거웠습니다. 그런 의미로 한 대만 맞아주시면 안 되겠죠?"

"하하. 진월님, 농담도 잘하시네요."

소울은 긴장을 풀어주기 위한 진월의 배려에 웃음을 흘렸다.

'음. 진담이었는데.'

진월은 속내를 감추며 어느새 소울의 지척까지 접근했
다.

이제 일격의 적중거리 안까지 들어왔다. 그것은 즉 소울의
스킬에도 당할 수 있다는 뜻이었다.

'흙을 던질 수도 없고!'

만약 비공개 PvP였다면 진월은 망설임없이 지면의 흙을
이용했을 터이다. 그런데 보는 눈이 너무 많았다.

분명 방송에서도 나올 텐데!

더불어 그런 짓을 한다면 대인배처럼 스킬을 알려주고 시
작한 일이 의미가 없어진다.

'그때의 기적을 바래야 하나.'

진월의 머릿속으로 울트와의 PvP가 스치고 지나갔다.

패시브 스킬 잠재력으로 인해 마지막 순간에 발휘됐던 무
적!

스으윽.

'뭐지?'

그 순간이었다. 소울이 눈에 뭐가 들어가서인지, 잠시 두
눈을 감는 것이었다. 진월은 그 찰나를 놓치지 않았다.

"회피, 일격!"

진월이 입술을 잘근 깨물며 질풍과도 빠르게 스킬을 시전
했다.

지금의 상황에서는 회피가 큰 도움이 되지 않으나 제발 무

적이 뜨기를 바라며 한 행동이었다.

그러자 소울 역시 두 눈을 번쩍 뜨며 진월을 노렸다.

"사신의 크로스!"

출혈 효과를 일으켰습니다! 출혈 효과! 8초, 7초!

진월은 속으로 쾌재를 불렀다. 하나 여유를 가질 틈이 없었다.

십자 형태의 기운을 띤 소울의 검이 가슴으로 파고들었다. 정통으로 적중되었다면 소울보다 자신이 먼저 죽음을 맞이할 것이었다.

잠시 소강상태 동안 마나는 조금씩 회복됐지만, 곳곳에 부상을 입었음에도 지혈을 하지 못해 생명은 제자리걸음이었다.

'제발!'

진월은 조금이라도 데미지를 줄이기 위해 최대한 몸을 비틀었다. 그리고 무적이 발동되기를 바랐다.

하지만 무적은 발휘되지 않았고, 소울의 크로스는 진월의 오른쪽 어깨 일부를 잡아먹으며 사라졌다.

'이, 이겼다!'

진월은 자신의 생명을 확인했다.

사신의 크로스의 데미지만 계산하면 죽어야 당연했지만

정통으로 적중당하지 않은 덕에 생명이 100 남았다.

그런데 소울은 출혈에 걸려 빠른 속도로 생명이 줄어들고 있는 상태였다.

출혈의 남은 시간은 3초! 그의 생명은 200!

하나 밝아지려던 진월의 얼굴은 금세 굳고 말았다.

"사신의 빛!"

소울이 스킬을 시전함과 동시에 그의 검에서 빛무리가 번쩍이더니 전신을 뒤엎었다.

그에 따라 상승하는 소울의 생명! 회복된 수치는 2,000이었다.

"하, 하하……."

진월은 힘없이 웃음을 터뜨리며 주저앉았다. 이제 자신에게 이길 희망은 그 어떤 것도 존재하지 않았다.

안 그래도 의아했었다. 소울도 지금의 상황을 알 텐데 왜 달려들지 않는지. 만약 그랬더라면 보기 안 좋아도 달아났을 것이다.

한데 이유가 있었던 것이다.

소울에게는 일인 타켓 공격형 스킬들 외에 두 개의 스킬이 더 있었다.

방어를 위한 사신의 그림자가 그중 하나였고, 생명이 20% 이하일 때 시전할 수 있는 사신의 빛이 바로 그 하나였다.

PvP 전에는 인지하고 있었으면서 정작 마지막 순간에 잠시 잊었던 것이 진월의 실수였다.

"졌습니다."

결국 진월은 씁쓸한 웃음과 함께 패배를 선언했다.

소울이 차원의 틈새 PvP 최강자로 인정받는 순간이었다.

Chapter 2

묘족

Shadow
Fox

“오늘은 제가 삽니다. 팍팍 드세요!”

한 술집의 방을 잡은 대한이 일행을 향해 큰 소리로 외쳤
다.

경제적 능력이 좋고 연장자인 그가 진월을 위로하기 위해
만든 자리였다. 레벨 업을 하러 간다고 빠진 다솜을 제외한
모두가 참석했다.

“신경 써주서서 감사합니다.”

주문을 마친 진월이 웃는 얼굴로 대답했다.

하지만 모두는 그 미소에 더욱 마음이 아파왔다. 아무리 소
울과 했다지만 PvP에서 패배를 했다.

분명 마음이 좋지 않을 텐데 자신들을 위해 억지로 웃어주다니.

결국 보다 못한 훈남이 글썽거리는 눈으로 진월의 어깨를 부여잡으며 소리쳤다.

"우리 앞에서는 강한 척하지 않아도 돼! 그런데… 너로 인해 하늘나라로 간 내 라르크는 어쩔 거니, 이 새끼야?"

"……."

진월을 걱정해서가 아닌 라르크가 아까워 맺힌 눈물!

한두 푼도 아닌 100만 라르크였다. 에이미까지 합치면 150만 라르크!

"훈남님, 어찌 그리 말을 하십니까?"

대한이 발끈하며 자리에서 일어섰다. 위로를 하기 위해 만든 자리에서 책망을 하다니, 친구라면 이럴 수 없었다.

"저도 200만 라르크를 날렸지만, 그깟 200만 정도야, 언젠가는 모이겠죠! 쉽지는 않겠지만! 젠장!"

말리는 시누이보다 더 밉살맞게 확인사살을 하는 대한.

자신은 진월의 친구가 아니니 괜찮았다.

"왜들 그래요! 제일 속상한 건 오빠일 텐데……."

그러자 진월의 곁에 앉아 있던 스나가 두둔하며 나섰다.

'역시 너는…….'

언제나 자신의 편이 되어주는 스나에게 진월은 진심으로 고마움을 느꼈다. 그때 훈남이 불손한 자신의 여동생을 심문

했다.

"너는 참여조차 안 한 것 아냐?"

"아니야. 나도 돈 걸었어!"

"얼마나!"

"50만 라르크! 소울님한테!"

"……."

나름 현실적인 스나였다.

*　　　*　　　*

"혜주야, 진원이라 확신하는 거야?"

혜주의 부탁으로 함께 로그아웃을 한 정아는 전화로 조심스럽게 물었다.

유명해도 다른 유저들에게 큰 관심이 없던 혜주가 갑자기 진월에 관한 자료를 부탁한 이유는 아무리 생각해도 그것뿐이었다.

격장의 초원에서 혜주를 좋아하는 승우가 곁에 있어 티를 내지 않았지만 사실 자신도 깜짝 놀랐었다.

그동안 진월과 인터뷰를 하고 싶어 노력했었다. 한데 만나기는커녕 대화조차 불가능했으며 방송에서도 얼굴을 일부 가린 채 등장했었다.

그러나 오늘 완벽하게 드러난 진월을 보자 자신도 모르게 신음이 새어 나왔다. 바로 진원이었다.

그래서 시합 시작 직전 귓속말을 신청해 혜주와 얘기를 나눴었다.

"아까도 말했지만 너무 똑같아……."

"그건 그런데……."

정아는 부정하지 않았다. 자신 역시 내심 진원일 것이라 생각하고 있으니 말이다.

"설령 진원이라고 해도… 이제 너와는 상관없잖아."

혜주는 아무런 대답을 하지 못했다.

정아의 말이 맞았다. 헤어졌으며, 이별을 얘기한 것도 자신이었다. 그가 설사 진원이라 할지라도 말을 걸지도 못할 것이다.

꼭 다시 곁을 지켜주겠다는 그와 친구로 지낼 수 없는 일이었고, 자신의 마음 역시 현실을 택했지만 그를 사랑하니까.

하나 알고 싶었다, 진원인지 아닌지.

"혜주야, 다시 함께할 마음이 없으면 잊어야 돼. 그래야 네가 행복해질 수 있어. 승우 오빠도 있잖아."

"승우 오빠는 단지 오빠일 뿐이야."

"오빠의 마음은 알잖아?"

"응……."

그의 태도만 봐도 자신을 좋아한다는 사실을 알 수 있었다. 언젠가는 한번 진지하게 얘기를 한 적도 있었고 말이다.

하지만 혜주는 받아들일 수 없었다.

다른 사람을 만나서라도 잊어야 한다고 하지만, 아직은 마음속에서 만큼이라도 진원을 억지로 밀어내고 싶지 않았다.

"일단 부탁해."

혜주는 어색함을 벗어나기 위해 서둘러 전화를 끊고 침대에 누웠다.

띠리링.

10여 분 정도가 지났을까.

복잡한 마음을 돌아보며 두 눈을 감고 있을 때 문자 소리가 들려 확인해 보니 정아가 보낸 것이었다.

기자들과의 인터뷰는 없었고 방송만 있다는 내용이었으며, 검색어와 함께 공유 사이트 아이디와 비번이 적혀 있었다.

혜주는 고맙다는 답문을 보낸 뒤 곧 문자에 적힌 사이트에 접속해 다운을 받고 영상을 하나씩 틀어보았다.

진원의 전화 인터뷰를 보던 혜주의 눈에 눈물이 맺혔다.

친구 훈남, 잠을 자지 않는 점… 마지막으로 사랑하는 사람을 되찾고 싶어서라는 그의 목표…….

그는 틀림없이 진원이었다.

*   *   *

'오, 이게 진정한 요리라는 거군!'

진월은 여러 접시에 담긴 요리들을 한입씩 먹으며 눈물을 글썽거렸다.

차원의 틈새에서 이런 술집이나 요리 집들은 단지 맛을 즐기기 위한 것인지라 한 번도 사먹지 않았었다.

한때는 딱딱한 빵이 주식이었고 식모 스킬을 배운 이후부터는 수없이 혀에 못할 짓을 했다.

또한 여유가 된다 해도 체력 회복에 많은 돈을 쓰고 싶지 않아 저렴한 것들 위주로 먹었다.

그래서인지 더욱 감칠맛 나고 살살 녹는 느낌에 맛만 보는 것임에도 불구하고 왜 라르크를 주고 사먹는지 이해가 됐다.

"그런데 꼭 그래야 했냐? 스킬을 알리지 않았더라면 이겼을지도 모르는데."

훈남이 고기 튀김을 먹으며 묻자 진월은 고개를 저었다.

"그랬어도 내가 진 시합이야."

소울과의 격차는 직접 붙으면서 확실히 느꼈다. 지금 상태에서는 어떤 식으로 붙어도 그를 이길 수 없었다.

생명 2,000의 차이는 PvP에서 적지 않은 수치였다.

"뭐, 그래도 오빠한테도 다들 열광했잖아. 그래서 난 승패를 떠나 좋았어."

'소울한테 돈을 걸어서 좋았겠지……'

진월은 실소를 흘리며 고개를 끄덕였다.

자신의 패배 선언과 함께 소울이 손을 붙잡고 일으켰다.

그리고 유저들의 환호성이 사방에서 들렸는데 승자인 소울보다 오히려 자신에게 더 많은 박수 갈채가 쏟아졌다.

상황이 그렇게 만든 것이다.

정당하게 대결하고 싶었던 남자다움과 다수의 예상을 뒤엎은 치열한 접전, 동시에 화끈했던 과정 그 모든 것들이 진월 역시 승자로 만들었다.

만약 처음 소울이 도전했을 때처럼 진월의 승리가 우세인 상태에서 이런 결과가 나왔더라면 또 달라졌을 것이다.

'더 강해져야 한다.'

진월은 능력치를 저하시키는 술 대신 음료로 목을 축이며 다짐했다.

자신에게 남은 목표는 1년 뒤에 있을 이벤트에서 최대한 많은 상금의 주인이 되는 것이다.

그중에서 가장 우세한 부분이 레벨 업과 PvP 쪽이었는데, 예상과 다르게 흘러가고 있었다.

히든 클래스 그림자 여우는 됐으나 그 대가로 레벨 업을 하지 못하는 퀘스트가 많았고, PvP도 마찬가지였다.

높은 스텟 수치로 인해 강자에 속해 있었지만 레벨 업으로 인한 스텟 상승을 무시할 수 없었다.

만약 진월이 노력한 시간에 비해 레벨 업이 이렇게 뒤처지지 않았더라면 오늘의 PvP 결과는 달라졌을 것이다.

‘레벨 업이 문제인데…….’

진월은 속으로 한숨을 내쉬었다.

레벨 업을 하고 싶다고 지금까지 진행해 온 퀘스트들을 안 할 수도 없는 노릇이었다.

그런데 현재도 소울 수준의 강자들이 여럿 있는데 더 격차가 벌어진다면 1주년 이벤트 땐 어찌 될지가 문제였다. 또한, 앞으로 어떤 강자들이 나타날지도 몰랐다.

물론 앞으로 퀘스트가 어떻게 진행되고, 어떤 게 기다리는지 알 수는 없지만 말이다.

“맞다. 오빠, 인터뷰는 왜 안 했어?”

진월이 복잡해지는 속을 분노의 젓가락질로 입을 가득 채울 때 스나가 궁금해하며 물어봤다.

진월은 물론 소울 역시 기자들이 몰려들자 자리를 벗어났기 때문이었다.

“아. 차원의 길잡이에서 하자고 미리 언질을 받았거든. 아마 소울님도 같은 이유일걸?”

똑똑.

그 순간이었다. 노크 소리와 함께 문이 열리더니 거친 인상의 중년인이 모습을 나타냈다.

그는 바로 립스가 길드 마스터로 있는 황혼의 부마스터였다.

“진월님, 반갑습니다. 저는 황혼의 길드 부마스터인 세이
라고 합니다.”

“그런데 무슨 일이시죠?”

진월이 의아해하며 되물었다.

황혼의 길드란 이름은 들어본 적이 있었다. 립스가 마스터
로 있으며 에라스 왕국의 거대 길드 중 하나였으니.

그렇기에 찾아온 이유는 대략 파악이 됐지만 그들이 어떻
게 이곳을 알았는지 알 수 없었다.

기자들이 몰리자 바로 마을로 돌아왔고, 혹시나 해서 게이
트로 세 번이나 이동해 온 곳이었기 때문이다.

“립스가 만나뵙기를 원하고 있습니다. 지금 밖에서 기다리
고 있고요.”

“그렇군요. 알겠습니다. 곧 나가도록 하죠.”

“감사합니다. 기다리고 있겠습니다.”

진월의 대답을 받은 세이가 고개를 살짝 숙인 후 방문을 닫
자, 진월은 곧 자리에서 일어나며 금방 갔다 온다는 말과 함
께 뒤따라나갔다.

“어? 진월이다!”

“그러게. 이곳에 와 있었네. 우와, 반가워요!”

“친구 등록해도 될까요?”

밖으로 나오자 그를 알아본 유저들이 연예인을 만난 것처
럼 소리를 지르며 다가왔다.

‘앞으로 피곤하겠군.’

진월은 웃는 얼굴로 양해를 구하며 한숨을 내쉬었다. 예상은 했지만 이렇게 많이들 알아볼 줄이야.

“어머, 안녕하세요. 립스라고 해요.”

주점 입구에서 기다리고 있던 세이의 안내를 받아 간 곳은, 근처에 위치한 고급 술집의 방이었다.

립스는 진월을 보자 자리에서 일어서며 인사를 건넸다.

“진월이라고 합니다.”

“정말 뵙고 싶었어요. 후후.”

립스가 붉은 입꼬리를 올리며 요염하게 웃으며 진월에게 앉기를 권했다.

“무슨 일이시죠?”

“성미도 급하셔라. 일단 술 먼저 마시며 천천히 대화해요.”

진월의 재촉에 립스는 여유롭게 푸른색의 값비싼 술을 잔에 따랐다. 하지만 진월은 양해를 구했다.

“능력치 저하로 인해 술은 마시지 않고 있습니다. 그리고 일행이 기다리고 있어서요.”

“그러시구나. 그렇다면 본론을 꺼낼까요?”

짧은 대화를 나눴을 뿐이지만 립스는 진월이란 남자를 대략 파악했다.

이런 타입에게는 유혹을 한다든지, 시간을 끌어봐야 오히려 역효과였다.

"황혼 길드와 함께하실 마음이 없으신지?"

"역시 그거군요."

진월은 쓴웃음을 흘렸다.

나쁘지는 않은 조건이었다. 울트와 대립 관계에 있는 자신이기에 거대 세력을 등에 업는다면 오히려 서로에게 득이었다.

하나 문제는 정작 황혼 길드와 지배자 길드가 우호적인 관계라는 것이다. 더불어 립스와 울트의 관계도 그러했다.

"아쉽지만 황혼의 길드에 들어가기에는 개인적인 사정이 있네요."

"울트님 때문인가요?"

진월의 입가에 미소가 그려졌다. 립스는 모든 것을 알면서 자신을 원하고 있었다.

"알고 계시는군요."

"네. 울트님이 워낙 감출 줄 모르는 분이니깐요."

그 말과 함께 립스는 격장의 초원에서의 울트를 떠올렸다.

소울의 승리에도 불구하고 진월도 환호를 받자, 그는 붉어진 얼굴로 자리를 떠났었다.

"그럼에도 저를?"

"진월님이라면 그 어떤 이유가 있다 할지라도 탐날 수밖에 없으니까요."

"그건 맞지만……."

"……."

절대 칭찬에 부정하지 않는 겸손함!

"울트님과 관계가 틀어질 수도 있을 텐데요?"

진월은 테이블 위에 차려진 새우튀김을 맛보며 말했다.

"세이 아저씨를 들러리로 세우면 돼요. 진월님과 아저씨가 친분이 있었고 길드에 가입시켰다. 아저씨는 나도 어려운 분인지라 이래라저래라 하기가 힘들다, 라고 말이죠. 아저씨와 울트님은 개인적인 친분이 없으니, 울트님도 직접 뭐라 하기 힘들 테고요."

"그렇군요."

진월은 진지한 얼굴로 손가락에 묻은 튀김 기름을 쪽쪽 빨며 고민했다.

울트도 모자라 립스와도 적대 관계에 들어간다면 자신은 정말 피곤하게 될지 모른다. 그렇기에 군말없이 이곳까지 따라왔다.

하지만 저울질을 하는 그녀의 성품도 마음에 들지 않았다. 적당한 관계를 유지하되 친해지고는 싶지 않은 타입이었다.

"생각해 보겠습니다."

"그러시겠어요?"

립스는 예상한 대답이라는 듯 동요하지 않았다.

"길드는 그렇다 치고 친구까지 거절하지는 않겠죠?"

“그럼요.”

그녀는 자신을 이용하려 하겠지만, 진월에게 있어 립스 역시 이용 가치가 있는 유저였다.

레벨 업을 비롯해 그녀의 도움이 필요할 때도 있을 듯하고 말이다.

“아참, 부탁이 있는데…….”

친구 등록까지 마치고 자리에서 일어나 나가려던 진월이 굳은 표정으로 립스를 돌아보며 말했다.

“무엇이죠?”

자신이 가능한 선에서는 그 어떤 것이든 들어줄 의향이 있었다. 물론 그 이상의 이득을 얻겠지만 말이다.

“그게…….”

진월은 잠시 망설이다 결심과 함께 손가락으로 한 방향을 가리키며 말했다.

그리고 밖으로 나오는 진월의 얼굴은 세상을 다 가진 듯한 행복이 서려 있었으며, 양손에는 새우튀김이 한가득 포장되어 있었다.

“으랍차!”

다음날 새벽. 진원은 캡슐에서 빠져나와 찌뿌듯한 몸을 풀었다.

그리고 차원의 틈새 게시판에 접속해 자신과 소울의 PvP

반응을 살폈다.

만족스러웠다. 승리자인 소울은 물론 자신도 찬사를 받는 윈윈의 결과를 낳았다.

안 그래도 접속해 있을 동안 샤라랄에게도 축하의 메시지가 왔었다.

"이제 퀘스트를 해야겠지."

간편한 운동복 차림으로 몸을 풀던 진원은 죽음의 계곡 퀘스트를 떠올렸다.

남겨놓은 것이 무엇인지도 궁금했지만 재차 서베를 만나야 할 생각을 하니 벌써부터 심기가 불편해졌다.

"피할 수 없다면 즐겨라!"

애써 스스로를 위로하듯 말한 진원은 방문을 열고 밖으로 나왔다. 그때였다.

"오빠, 나도 같이 가."

"어, 오늘은 일어났네?"

학업과 게임에 열중한다고 요즘 새벽에 일어나지 못했던 미진이 하품을 하며 방에서 나왔다.

만약 지금 깨어 비몽사몽의 상태라면 조금 더 자라고 돌려보내겠지만, 미진은 이미 옷까지 갖춰 입은 상태였다.

"그래. 갔다 오자."

진원은 웃는 얼굴로 고개를 끄덕이며 미진의 양손을 빛보다 빠르게 살펴봤다.

다행스럽게도 도시락 같은 존재는커녕 빈손이었다. 오늘은 미처 준비하지 못한 듯했다.

'어쩌면 소울에게 진 것도……'

그날 시합 전 미진의 초롱초롱한 눈망울 때문에 어쩔 수 없이 쌈밥을 하나 먹고 초원 안으로 들어섰다.

능력치에는 아무런 영향이 없었지만 중요한 PvP를 앞두고 심기가 격하게 불편했다! 죽이려던 다솜의 심정이 이해가 될 정도!

곧 신발까지 갖춰 신은 진월과 미진은 집 밖으로 나갔다.

타탁, 타탁!

경쾌한 발소리와 함께 진월은 상쾌한 표정이 됐다.

매일 캡슐에 갇혀 게임만 하다가 새벽의 차가운 공기와 맞서 달리니 쌓였던 모든 게 씻겨지는 기분이었다.

또한, 체력이 조금 붙은 미진도 처음과 달리 잘 따라오……

"흐읍! 흐읍! 흐읍!"

"……"

마치 광우병에 걸린 텍사스 소 한 마리가 귓가에서 거친 숨을 헐떡댄다.

진원은 속도를 늦추며 천천히 고개를 돌렸다.

예전처럼 숨이 넘어갈 듯하지는 않지만 부릅뜬 두 눈동자는 점점 풀려가고 있었고, 입에서는 침이 줄줄 새어 나오려 하고 있었다.

아직 체력이 부족하지만 같이 달리고 싶은 마음에 무리하는 것이었다.

"좀 쉬자."

결국 진원은 쓴웃음과 함께 걷기로 바꿨다.

"아, 맞다. 오빠, 주말에 뭐 해?"

"주말? 왜?"

미진이 뭔가 바라는 게 있다는 사실을 알아차린 진원이 되물었다.

자신이 주말에도 게임을 한다는 사실을 그녀가 모를 리 없었기에 그 물음은 시간을 비워줄 수 있냐는 뜻이었다.

"그날 은혜랑 훈남 오빠가 신세계 월드 간다고 해서."

신세계 월드는 다양한 문화 시설이 갖춰진 곳이었다. 가족 단위는 물론 연인들도 자주 찾았다.

"그런데 은혜가 나도 같이 가자고 하더라고. 그날 내가 보고 싶어하던 영화도 상영한다면서."

심드렁하게 듣던 진원의 표정이 어두워졌다.

미진이 얼마 전부터 보고 싶어하던 영화가 무엇인지 알기 때문이다. 바로 공포 영화!

자신의 약점 중의 하나가 바로 귀신이었고, 공포영화는 정말 삶을 포기할 정도의 심정이 아니면 보지 않았다.

그 사실을 잘 알고 있음에도 미진이 이 얘기를 꺼낸 이유는 자존심을 자극하기 위해서였다.

"혼자 가기가 그렇다 하니깐 은혜는 오빠랑 같이 오라던데, 훈남 오빠가 안 올 거라 하더라고."

"왜? 게임 때문에?"

"아니. 오빠는 겁쟁이에 약골이라 귀신 보면 밤에 오줌을 질질 싼다고……."

'아, 아하하. 이 배려있는 새끼 봐라?'

애써 미소 짓는 진원의 두 눈동자에 흰자위가 가득 채워졌다.

"그날 시간 괜찮아?"

미진이 본론을 꺼내자 진원은 잠시 대답을 망설였다.

훈남의 발언은 용서되지 않았다. 틀리지는 않지만! 안 간다면 순순히 그 말을 인정하는 꼴이었다.

그러나 공포영화 역시 살아생전에 보고 싶지 않았다.

"오빠 편한 대로 해. 난 괜찮으니깐."

미진이 애써 웃으며 말해주자 진원은 저도 모르게 반색했다.

"진짜? 고마……."

"응……."

"공포영화 안 할 때 같이……."

"그래. 오빠는 공포영화 보면 오줌을 질질 싸니깐!!"

"하, 하하. 화난 건 아니……."

"괜찮아! 괜찮다고! 진짜야!!"

“……”

이를 꽉 깨문 채 울기 직전의 표정으로 애써 입꼬리만 올리며 웃는 미진!

“같이 가자…….”

미진의 얼굴이 더 공포였다.

“무슨 일이지?”

아침을 가볍게 먹고 접속해 서베에게 가던 길이었다. 진월은 걸음을 멈추며 어제 PvP가 끝나고 친구 등록을 한 소울의 귓속말을 수락했다.

[진월님, 접속하셨군요.]

[네. 소울님.]

[아, 퀘스트를 받았는데 같이 하시면 어떨까 해서 귓속말드립니다.]

[퀘스트요?]

진월은 턱을 매만졌다.

지금 상황에서는 소울의 퀘스트를 돕고 죽음의 계곡 퀘스트를 이어서 해도 상관없었다.

하지만 문제는 소울의 퀘스트가 이득이 되냐는 점이다. 혹시나 자신한테 시간 낭비가 될지도 모르니.

[어떤 퀘스트이지요?]

[아. 제가 진행하던 퀘스트가 있었습니다. 그런데 이번 연계가 동료들과 함께 묘족을 도와주라는 것이더군요.]

[묘족이요?]

진월의 두 눈동자가 크게 떠졌다.

묘족이라면 분명 신비 종족으로, 여우족처럼 아직 공개되지 않은 상태였다. 즉, 최초의 발견 혜택을 얻을 수 있는 퀘스트다.

[네. 제가 아는 분이 함께하기로 했지만 4인 파티이고, 때마침 진월님이 생각나서요.]

진월이 함께한다면 소울에게도 이득이었다. 레벨은 아직 90대이지만 그의 능력치는 자신과도 맞먹으니까.

아니, 공격력과 속도를 보면 오히려 자신보다 뛰어난 데미지 딜러였다.

[괜찮으시겠습니까?]

소울이 조심스럽게 물었다. 혹시 다른 퀘스트를 하고 있지 않을까 하는 염려 때문이었다.

그런 소울에게 진월이 정색하며 대답했다.

[제 사정이 중요합니까? 소울님이 제 도움을 필요로 하시는데 언제든지 가야죠!]

누가 봐도 혜택 때문인 속 보이는 아부! 하지만 소울은 순수했다.

[진월님이 절 그렇게까지 생각해 주시고 계셨다니……. 이소울, 그 진심 잊지 않겠습니다!]

'애 뭐야…….'

부담스럽게 진지한 소울이었다.

"소울님!"

"진월님, 오셨군요."

쉐턴 왕국에 위치한 에라도 마을.

진월이 도착하자 워프 게이트 입구에 서 있던 소울이 반갑게 맞이했다.

"우와, 소울과 진월이다!"

"저 둘 친한 관계인 것 같은데?"

"그날 PvP 이후 친해졌나?"

둘을 발견한 유저들이 신기한 구경이라도 하듯 몰려들었지만 소울은 익숙한지 개의치 않았고, 진월도 크게 신경 쓰지 않았다.

앞으로는 익숙해져야 할 부분이었다.

"먼 곳까지 와주셔서 감사합니다."

"아닙니다. 좋은 퀘스트를 함께할 기회를 주셔서 제가 더 감사드리죠."

오가는 덕담 속에 피어오르는 우정!

그때였다. 누군가가 소울의 곁에 다가왔는데 10대 후반으

로 보일 듯한 예쁜 소녀로, 푸른색의 웨이브 머리카락이 잘
어울렸다.

"아. 왔어요? 진월님, 이쪽은 은아님이라 합니다. 레벨 125
의 아처십니다. 은아님, 진월님이십니다."

"안녕하세요. 반가워요."

"네. 은아님, 반가워요."

진월은 웃는 얼굴로 손을 내밀었다. 그러자 은아는 수줍음
을 감추지 못하며 붉어진 얼굴로 마주 잡았다.

성격만 봐서는 달래와 비슷한 듯했다.

"혹시 이 조합으로 가실 건가요?"

"네? 하하. 안 그래도 저도 생각 중이었습니다."

진월이 왜 물어봤는지를 알아차린 소울이 머리를 긁적이
며 대답했다.

현재 파티의 조합은 데미지 딜러들로 이루어져 있었다. 물
론 아처 파티도 있고, 일부러 이렇게 파티를 짜는 이들도 있
으나 안정적이지는 않았다.

"퀘스트가 4인 파티인데, 탱커 한 분을 모셔야겠죠? 혹시
아는 분이 계신가요. 제 지인 분들은 사정이 안 되더군요."

"탱커라면……."

진월의 머릿속으로 훈남이 스치고 지나갔다. 현재 상황에
서 가장 적절했다. 체질 계열이면서 직업을 갖고 있지 않으니
도중에 빠질 일도 없었다.

하지만 문제는 자신이 아침밥을 먹고 들어왔을 때 훈남이 술에 취해 잠들어 버렸다는 점이었다.

즉, 지금 당장은 훈남이 함께할 수 없었다. 일곱 시간 정도를 잔다고 봤을 때 차원의 틈새로는 21시간이었다.

그렇다면 사업을 하고 있다지만 가끔씩 가게에 들르고 현재도 접속해 있는 대한이 있었다.

다만 대한은 진월이 싫었다.

이 퀘스트가 며칠이 걸리지 모르는데 내내 남자의 신음을 들어야 한단 말인가!

"지금 당장은 저도 없군요. 그렇다면 탱커 한 분을 모셔서 가도록 하죠."

"그래야겠네요."

진월의 의견에 소울이 동의하며 파티창을 열려던 순간이었다.

스윽!

누군가가 옷을 살짝 잡아당겨 진월은 고개를 돌렸다. 그곳에는 낯익은 유저가 무표정으로 빤히 바라보고 있었다. 바로 다솜이었다.

"어, 다솜님! 이곳에는 웬일이세요?"

"퀘스트."

여전히 간단명료한 대답!

"하시는 중이세요?"

“끝.”

“그래요?”

“아시는 분이면 같이 갈까요?”

그때 얘기를 듣던 소울이 탱커가 아니라는 사실을 알면서도 진월을 배려하며 말했다. 아는 사람과 함께면 좋을 테니.

“그럴까요?”

다솜이라면 진월 역시 찬성이었다.

내성적이고 말이 없다는 점이 불편하기는 하지만 그때처럼 2인 파티가 아니었고, 그녀의 실력은 확실하니깐.

“은아님도 괜찮으신가요?”

진월이 소울의 곁에서 기다리고 있던 은아에게 묻자, 그녀는 여전히 눈도 제대로 마주치지 못하며 고개를 숙인 채 작은 목소리로 대답했다.

“네…… 전 괜찮아요.”

“다솜님, 저희 퀘스트를 하러 갈 건데 같이 가실래요?”

끄덕.

마지막으로 다솜까지 동의하자 모두는 파티를 맺고 묘족을 찾기 위한 길을 떠났다.

보글보글!

진월은 심각한 고민에 빠져 끓고 있는 노란 액체를 쳐다봤다.

달콤한 향기가 가득 나는 호박죽은 보기엔 군침이 돌고 먹음직스러웠지만 문제는 맛을 알 수 없다는 점이다.

휘익!

진월이 혹시나 하는 마음에 왼편에 있는 소울과 은아를 쳐다봤다. 그러자 다급히 시선을 외면하는 둘!

3일이라는 시간 동안 함께하면서 이미 진월의 요리를 경험해 봤기 때문이다.

이미 등록된 스킬 등은 능력치 향상을 생각하며 견딜 수 있으나 새로운 요리의 실험 대상은 싫었다.

휘익!

진월은 아쉬움을 금치 못하며 이번엔 오른편에 있는 다솜과 애란을 바라봤다.

그러나 곧 체념했다. 애란은 짱돌을 들고 한 대 칠 자세를 취하고 있었으며, 다솜은 검을 앞으로 내밀며 마법을 시전하려 했기에!

'어떻게 하지? 몬스터도 없는데.'

진월은 머리를 박박 긁었다.

묘족의 위치는 소울이 퀘스트로 받은 지도에 반짝이며 표시되고 있는데, 이 산 끝 부분에 위치해 있었다.

한데 3일 내내 걸었음에도 불구하고 몬스터는 단 한 마리도 나타나지 않았다.

결국 몬스터를 대처할 방안으로 토끼를 비롯한 동물들을 잡아 몇 번 먹였는데, 지금은 그조차도 없었다.

즉, 누군가는 혀의 희생을 각오해야 한다는 뜻!

'에잇. 모르겠다.'

결국 진월은 결심과 함께 두 눈을 질끈 감고 호박죽을 입에 넣었다.

"오오오!"

다솜을 제외한 모두가 탄성을 지르며 결과를 기대했다.

침묵이 흘렀다. 진월은 두 눈을 감은 채 호박죽의 맛을 음미했고, 모두는 어떤 리액션이라도 나오기를 기다렸다.

그리고 곧 진월이 두 눈을 떴는데 의외로 표정이 밝았다.

"오, 이거 맛있는데요? 정보!"

> **[달콤한 호박죽]**
> 싱싱한 호박의 달콤함과 우유의 부드러움이 완벽하게 조화된 죽!
> 집 나간 몬스터도 돌아오게 한다는 깊은 향기와 예쁜 빛깔까지 두루 갖췄다.
> 전신에 기운을 불어넣어 주며, 활동적이 된다.
> 효과:전체 스텟 +5, 근력 +10, 근력 +2%

'좋다!'

진월은 만족스러움을 감추지 못하며 곧바로 스킬로 등록

했다.

재료비에 비해 맛도 대단히 뛰어났으며, 효과는 데미지 딜러들을 위해 안성맞춤이었다.

특히 판매를 시작한다면 많은 인기를 끌 것 같은 요리이기도 했다. 호박죽은 남녀노소를 막론하고 많은 이들이 즐겨먹는 음식이니 말이다.

"서방님, 정말 욕 나오지 않나요?"

"진월님, 사나이의 명예를 걸고 진심이십니까?"

애란과 소울이 믿지 못하겠다는 듯 불안한 눈동자로 묻자, 진월은 말이 아닌 행동으로 보여줬다.

냠냠쩝쩝!

'저 행복해하는 표정은 진짜다!'

처음에는 진월이 진정한 우정이란 이름으로 모두에게 고통을 나눠주기 위한 연기를 하고 있다 믿었다.

하나 빠른 속도로 호박죽을 비워 나가며 흡족해하는 진월의 모습에 그런 의도는 없어 보였다.

그러자 나머지 넷도 침을 꿀꺽 삼키며 호박죽의 맛을 보기 시작했다.

"후후. 어떻습니까!"

한입씩 먹고 멍한 표정으로 자신을 바라보자 진월은 뿌듯함을 감추지 못하며 소리쳐 물었다.

다솜마저 엄지손가락을 치켜세우는 반응!

'이제 하나가 남았군. 등록 정보.'

[죽음의 국]
저주받은 손길이 빚어낸 더럽게 맛없고, 치명적이게 몸에 좋지 않은 고깃국!
향기는 식욕을 자극하지만 한 번 혀를 갖다 대는 순간 극심한 우울증에 시달린다.
심할 경우 돌아가신 조상님이 손짓하는 환각을 경험하기도 한다.
효과:우울증 지속 30분, 전체 스텟 −15

[버섯볶음]
싱싱한 신선도를 유지하는 다양한 버섯과 손맛이 어울려진 볶음 요리!
그 맛은 가히 시장 길바닥에서 먹는 듯 특출나지는 않지만 사람이 먹고 정색하지는 않을 정도이며, 몸에 활기를 불어넣는다.
효과:전체 스텟 +3, 공격 속도, 이동 속도 증가 2%

[약초 무침]
몬스터들조차 욕해 버릴지 모르는 쓴맛과 짭짤한 손때가 조화된 무침!
사랑하는 지인들에게 대접했다가는 불꽃 따귀를 맞게 될지도 모른다.

하지만 80대 노인이 이 무침을 먹고 마을 처녀들을 모두 만족시켜
줬다는 전설이 있을 만큼 기력 회복에 좋다.
효과:생명력, 마나 회복 증가, 체질 +10, 체질 +2%

[마파두부]
전신의 모공을 열리게 만드는 세심한 매운맛과 새댁의 향수 냄새보
다 더욱 진한 썩은 내가 찰떡 조합된 두부 요리!
한입 먹게 되면 그 깊은 맛에 반해 절로 욕이 나온다!
효과:무기력 지속 10분, 전체 스텟 −10, 근력, 체질 저하 −10

[건강 주스]
인자한 노인이 끔찍이 아끼는 손자의 따귀를 날릴 정도의 시큼, 짭
짤한 주스!
그 누구라 할지라도 멱살을 잡게 하는 매력이 흘러 넘친다.
한 모금 마시면 천국의 계단이 보이는 환각 속에서 전체 능력이 상
승한다.
효과:전체 스텟 +15

　　모두가 남은 호박죽을 먹고 있을 때 진월은 고민과 함께 요
리 정보를 확인했다.
　　식모 스킬이 중급이 되면서 일곱 개까지 등록할 수 있게 됐

는데, 달콤한 호박죽을 포함해 어느덧 여섯 개가 자리를 잡았다.

일곱 개를 채운 이후에는 하나씩 삭제를 하며 새로이 등록을 해야 했다.

'버섯볶음을 없애야 하나?

효과 면에서는 가장 미련이 적었다. 한데 호박죽을 제외하면 그나마 먹을 만한 요리였다.

"이제 출발하죠."

진월이 정보를 보며 고민하고 있을 때 소울의 목소리가 들렸고, 곧 뒷정리를 한 일행은 얼마 남지 않은 묘족의 마을을 향해 걸음을 서둘렀다.

"이제 근방입니다."

이틀을 더 걸었을 때 소울이 말하자 다들 표정이 밝아졌다. 5일 동안 걷기만 해서 심적으로 지쳐 있던 상태였다.

쏴아악!

"아마 저곳인 듯한데요?"

절벽을 타고 아래로 내려오자 소울은 시원하게 떨어지는 폭포 아래쪽을 가리켰다. 그곳에는 동굴이 하나 존재해 있었다.

"일단 들어가도록 하죠."

진월이 그 말과 함께 앞장섰다.

　동굴 내부에서 무슨 일이 벌어질지 모르기에 탱커의 역할을 하기 위해서였다.

　소울 역시 잡캐라고 할 수 있지만 스텟 수치를 비교해 보니 자신이 더 나았다.

　처벅, 처벅.

　원형의 입구를 통해 들어간 동굴 내부는 습기가 가득했고 어두웠다. 그렇게 두 시간여를 전진했을 때였다.

　야아옹! 이야옹!

　인기척과 함께 고양이들의 울음소리가 들려왔다.

　'드디어 나타났구나!'

　진월은 걸음을 멈춘 채 반색하며 접근하는 묘족들을 살폈다.

　처음 그들은 사람의 모습을 갖추고 있었는데 점점 가까워질수록 호랑이 크기의 고양이로 변모했다.

　아마, 전투를 하기 위함인 듯했다.

　"네놈들은 누구냐?"

　가장 앞에 선 검은 고양이가 경계를 늦추지 않으며 물었다. 그들의 입장에서 진월과 일행은 침입자들이었다.

　"저희는 적이 아닙니다."

　진월이 한 걸음 다가서며 말했다.

　퀘스트를 받은 소울이 나서도 되지만 자신에게는 신비의 종족들과 친밀도를 상승시키는 스텟 친화가 있었으며, 수치도 150이 넘었다.

"자네는 인간이지만 거부감이 들지 않는군."

진월의 예상처럼 그를 바라본 묘족은 전투에 유리한 본모습을 버리고 훤칠한 키에 40대 초반으로 보이는 중년인으로 변했다.

"그래. 이곳을 어떻게 찾아왔는가?"

묘족들이 친밀도를 느끼며 경계를 풀자 진월은 소울에게 손짓했다.

그러자 소울은 갑작스러운 상황에 놀라면서도 침착함을 되찾으며 자신들이 찾아온 이유를 설명했다.

"바사르님이 보내셨단 말이지, 우리들을 도우라고?"

묘족의 입가에 환한 웃음이 맺혔다. 바사르는 자신들 일족이 믿는 몇 안 되는 인간 중 한 명이었다.

얼마 전 마을의 어려움에 관한 도움을 요청한 적이 있었는데 이토록 빨리 지원을 해줄 줄이야.

"우리가 실례를 한 것 같군. 사과하지."

"아닙니다. 마을을 지키기 위해서였으니 당연히 이해해 드려야죠."

진월이 그들의 입장에서 말하자 묘족은 더욱 친밀도를 느끼며 웃는 얼굴로 고개를 끄덕였다.

"이럴 때가 아니지. 얼른 장로님께 이 기쁜 소식을 전해 드리자고. 우리를 따라오게."

　중년인의 묘족은 그 말과 함께 빠른 속도로 달리기 시작했다. 그 뒤를 네 명의 묘족이 따랐고, 진월과 일행 역시 속도를 올렸다.

　그리고 잠시 후, 신비의 종족 묘족의 마을이 눈앞에 펼쳐졌다.

Chapter 3
각개전투

Shadow
Fox

소울님과 진월님, 은아님과 다솜님이 묘족 마을을 최초로 발견하셨습니다. 일주일 뒤에 텔레포트기 생성과 함께 개방됩니다.

전체 스텟이 2U 상승합니다.

주 스텟이 3U 상승합니다.

명성이 2UU 상승합니다.

'최초의 혜택!'

동굴을 벗어나자 촌의 작은 마을과 같은 묘족의 마을이 나타났고 혜택이 주어졌다. 그 혜택은 나쁜 편이 아니었기에 따라온 보람이 있었다.

"인간들이다!"

"이곳에 어찌 인간들이 왔지?"

"여우족도 있어."

"혹시 바사르님이 보내신 분들이 아닐까?"

"그래! 분명 그거야!"

진월과 일행이 혜택에 기뻐할 때 사람의 모습으로 있던 묘족이 수군거리며 몰려들었다. 그들은 구경을 하듯 주위를 빙둘러쌌다가 곧 찾아온 이유를 추측하더니 환호했다.

"장로님! 바사르님이 보내신 분들입니다!"

중년인이 정중앙에서 천천히 다가오고 있는 한 노인에게 무릎을 꿇으며 외쳤다.

사람의 모습으로 100살을 넘은 듯 피부가 쭈글쭈글하고 곧 쓰러질듯 비틀거리며 다가오던 장로의 두 눈이 번쩍 떠졌다.

"정말이냐, 정말이야? 진짜 바사르님이 보내셨습니까!"

"……."

흥분을 주체하지 못한 채 진월의 멱살을 부여잡고 따지듯 외치는 장로!

진월은 크게 떠지고 핏발이 섰으며 튀어나올 듯한 그녀의 눈과 쩍 벌린 입, 격한 주름살에 공포영화보다 더한 무서움을 느끼며 다급히 고개를 끄덕였다.

얼굴만으로도 사람을 죽일 기세!

"흐윽. 드디어, 드디어 그 악독한 놈에게서 벗어날 수 있겠구나."

장로는 붉어진 두 눈으로 흐느낌을 감추지 못했다.

'꽤 오랜 시간 시달렸나 보군.'

진월은 장로의 혼잣말에서 대략의 상황을 파악할 수 있었다.

"한 번이나 당한 그날의 수모를 어찌 잊으리! 이제야, 이제야!"

'참 많이도 당하셨네요.'

진월은 속으로 쓴웃음을 삼키며 울다가 휘청거리는 장로를 부축했다.

"이제 저희가 왔으니 맡겨두세요."

"어머나⋯⋯."

진월이 친밀도를 올리기 위해 자상한 미소와 함께 듬직하게 말한 순간 등골에 소름이 오싹 돋았다.

자신의 팔에 기댄 장로가 머리카락을 휘날리며 양 볼이 발그레해졌기 때문! 그뿐 아니라 상큼한 윙크까지 선사한다!

퀘스트만 아니었다면 진심으로 단검을 뽑았을지 모르는 진월이었다.

"일단 들어가서 얘기를 하도록 하죠, 장로님. 먼 길을 오셨을 텐데 피로들도 푸셔야 할 듯하고요.”

“그렇구나. 내 생각이 짧았어. 자, 어서 따라들 오셔요!”

중년인의 조언에 장로는 자신의 실수를 깨달으며 진월과 일행을 집으로 초대했다.

“이야기는 30년 전으로 거슬러 올라갑니다.”

귀신이 나올 듯한 어두운 집 안에서 음침한 목소리로 장로가 얘기를 시작했다.

30년 전, 실력은 뛰어나지만 성격이 나쁜 한 마리의 묘족이 있었다.

그 묘족은 자신의 능력만을 믿고 온갖 악행을 저지르다 결국 이대로 둬서는 안 된다는 장로진의 판단하에 마을에서 추방당했다.

그때 그는 자신을 따르던 넷의 묘족과 함께 꼭 다시 돌아오겠다는 다짐과 함께 사라졌다고 한다.

그리고 얼마 전 그들이 다시 나타나 말도 안 되는 요구를 해왔다. 매달 묘족의 여인 한 명과 값비싼 보석을 내놓으라는 것이었다.

장로진은 당연히 그 협박을 받아들이지 않았다. 그러자 그들은 힘으로 제압하기 시작했고, 마을 묘족들의 저항은 꺾이고 말았다.

그들은 비록 다섯이지만 일당백의 실력을 갖추고 있었기

때문이다.

"한마디로 복수를 하고 있다는 거군요."

"그렇지요! 그 못된 것들이!"

'생긴 건 할망구가 더 못됐어……'

장로가 얼굴을 코앞까지 들이대며 소리치자 진월은 저도 모르게 의자를 뒤로 뺐다. 훈남과는 다른 의미로 봐도 봐도 적응이 안 되는 얼굴이었다.

"그런 놈들이 있다니……. 가녀린 여자까지! 이 소울, 부끄럽지 않은 남자로 살아왔습니다. 정의의 이름으로 절대 용서할 수 없습니다! 묘족에 아름다운 평화를 되찾아주겠습니다!"

얘기를 모두 들은 소울이 울컥하며 자리에서 벌떡 일어나 진지하게 외쳤다.

'역시 저런 캐릭이었군.'

낯간지럽고 손발이 오그라드는 단어 조합! 불의를 못 참는 과도한 진지함!

"안 그렇습니까? 여러분!"

그것도 모자라 연설을 하듯 진월과 일행에게 동의를 구하는 소울.

진월은 애써 웃는 얼굴로 고개를 끄덕여 준 후, 소울이 더 이상 말문을 열기 전에 장로에게 적들의 위치를 물었다.

"어디로 가야 되나요?"

“월커가 안내를 해줄 것입니다. 한데 하루 정도는 휴식을 취해야 되지 않겠습니까?”

장로의 배려에 진월은 고개를 저었다.

그들은 자신들이 피로가 쌓였을 것이라 생각하고 있겠지만 얼마든지 체력 회복이 되기에 얼른 퀘스트를 끝내고 싶었다.

하지만 진월의 바람은 들어지지 않았다.

“마음은 고맙습니다만 지금 바로 출…….”

타앙! 와드득!

“감히 제 성의를 무시하는 겁니까!!”

“…….”

두 손바닥으로 탁자를 단번에 부수며 핏발 선 눈으로 위협하는 장로!

진월은 장로의 고약한 성질머리에 욱하고 올라오는 것을 참지 못하며 마찬가지로 소리쳤다.

“섭섭하게 하루만 쉬라뇨! 이틀이라도 쉬고 싶군요!”

…정말 이틀을 쉬게 됐다.

첨버엉!

진월은 마을 안에 위치한 작은 온천에 몸을 담갔다.

다 벗어야 한다면 죽어도 하지 않으려고 했지만 다행스럽게도 속바지가 준비되어 있었다.

“후우. 따뜻하니 좋네요.”

뒤늦게 들어온 소울이 기분 좋은 표정으로 말했다.

“이틀이나 머무르게 될 줄은 몰랐지만요. 하하.”

“말을 조심해야 한다는 걸 다시 배우게 됐네요.”

은근히 자꾸 얘기를 꺼내는 소울의 소심함에 진월이 미안한 표정을 지었다.

사나이는 두 번 말하지 않는다며 노려보던 장로의 눈빛이란!

“오늘은 퀘스트가 끝났으면 좋겠는데…….”

“그러게요. 벌써 일주일이 걸렸네요. 선물도 궁금하고요.”

소울의 얘기에 진월이 맞장구쳤다.

장로가 약속했다. 놈들을 해치우면 묘족의 귀한 선물들을 주겠다고 말이다.

“어, 접속했군요.”

30여 분 정도 몸을 담그고 있을 때 소울이 반색하며 몸을 일으켰다.

잠시 눈을 붙이기 위해 로그아웃했던 은아와 다솜이 로그인을 했기 때문이다.

“출발하죠.”

진월 역시 그 사실을 확인하며 온천에서 빠져나왔다.

“다 왔다.”

안내를 맡은 월커가 긴장을 늦추지 않으며 한곳을 손가락으로 가리켰다.

그곳에는 5층으로 이뤄진 성이 하나 있었는데, 검은색의 벽돌로 만들어져 음침한 분위기를 자아내고 있었다.

"저곳 5층에 쉐빌이 있다. 1층부터 4층까지는 쉐빌을 따르는 네 명의 묘족이 지키고 있고 말이다."

"알겠습니다. 여기서 기다려 주세요."

"무슨……. 나도 함께 가겠다."

진월의 말에 월커는 반대했다. 자신 역시 이들을 도와 힘이 되어주고 싶었다. 하지만 이틀 동안 지내며 묘족들의 능력을 파악한 진월은 고개를 저었다.

그날 동굴에서 본 변신 상태라 할지라도, 실질적인 전투 능력은 낮은 게 묘족이었다.

만약 월커가 따라온다면 짐이 될 수도 있었다.

"죄송하지만… 저희들만 가는 게 더 안전합니다."

"그렇군……."

진월의 말에서 속뜻을 알아차린 월커는 입맛을 다시며 현실을 인정했고, 곧 진월과 일행은 거대한 사각형의 문을 지나 안으로 들어갔다.

"침입자다! 침입자!"

성문을 지난 지 1분이 지났을 때였다.

인상을 절로 찌푸리게 하는 날카로운 목소리가 들려 시선을 돌려보니 그곳에는 날개가 달린 주먹만 한 호박이 소리치고 있었다.

"죽여라! 죽여!"

"옵니다."

"몸 풀기에 적당하겠군요."

"전 뒤에 자리를 잡을게요."

인기척을 느낀 진월이 선두에 서며 말하자, 소울은 그 옆을 지켰고 다솜은 마법을 캐스팅했다.

그리고 은아는 그 뒤에 자리를 하며 활을 꺼내 시위를 당겼다.

우르르!

"물의 파편!"

성 입구에서 50마리는 넘어 보이는 다양한 몬스터들이 나타났다. 진월은 앞으로 뛰쳐나가며 스킬을 시전했다.

"사신의 풍!"

1인 타깃밖에 없지만 놀라운 데미지로 약점을 극복한 소울 역시 빠른 속도로 몬스터들의 수를 줄여갔다.

"파이어 스톰!"

캐스팅이 끝난 다솜이 양손을 머리 위로 번쩍 들어 올리자 불꽃의 폭풍이 형성됐다. 폭풍은 일행을 지나 몬스터들 중앙에 떨어지며 거대한 폭발을 일으켰다.

"연사!"

푸슉! 푸슉!

은아 역시 뒤에서 순식간에 여러 발을 발사하는 스킬을 시전하며 데미지 딜러의 역할을 톡톡히 했다.

이 중에서 단일 데미지가 가장 높은 것은 은아였기에 한 방, 한 방 맞을 때마다 몬스터들의 생명은 크게 줄었다.

'할 만하군.'

뿔이 네 개가 달린 몬스터의 목에 일격을 꽂은 진월은 어느덧 1/3 이상 줄어든 몬스터들을 확인하며 흡족한 미소를 지었다.

몬스터들의 레벨이 낮은 탓도 있었지만 파티원 모두 뛰어난 실력과 상황 판단력으로 서로가 위급할 때 커버를 잘해주니, 오히려 탱커가 있을 때보다 더욱 빠른 사냥이 가능했다.

"잘한다, 내 서방! 멋지다, 내 달링!"

거기다 언제나 기운 넘치고 산만한 애란의 응원까지!

그때 몇 마리의 몬스터들이 뒤로 돌아 은아를 노린다는 사실을 파악한 진월이 큰 목소리로 경고했다.

"은아님!"

그러자 은아는 스텝 스킬을 밟아 이동 속도를 상승시키며 무빙으로 몬스터들에게 화살을 적중시켰다.

하지만 제아무리 레벨의 차이가 있다 할지라도 여러 마리의 공격을 모두 피할 순 없었고, 지능 계열 몬스터의 칼바람이 은아의 허리를 스치고 지나갔다.

주르륵.

베인 그녀의 새하얀 속살에서 피가 맺히더니 흘러내렸다.

"나오겠군요……."

"뭐가 말입니까?"

그 광경을 지켜본 소울이 쓴웃음과 함께 말하자 진월이 궁금한 얼굴로 되물었다. 그 순간이었다.

언제나 수줍음을 감추지 못하며 내성적인 성격의 은아가 해맑게 웃으며 말했다.

"어머나…… 이 새끼들 봐라?"

"……."

"너 이 새끼. 딱 걸렸다? 가만있어. 온화하게 대가리 빵꾸를 내줄 테니까!"

피만 흘리면 돌변하는 이중인격의 그녀였다.

"제가 무슨 실수라도 했나요? 어떻게 해……."

"아, 아닙니다! 아하하!"

몬스터들을 모두 정리하고 지혈을 함과 함께 다시 돌아온 은아가 눈물을 글썽거리며 묻자, 진월은 다급히 고개를 저었다.

차마 너로 인해 세상 모든 욕은 다 들은 것 같다! 라고는 말할 수 없는 배려심 깊은 그였다.

"하지만 저는 피를 흘리면……."

"피를 흘리면요? 다른 점을 모르겠던데."

"정말요……?"

"그럼요!"

진월은 대답과 함께 곁에 있는 다솜에게도 눈짓했다. 그러자 다솜은 말없이 고개를 끄덕였다.

그때야 은아는 안도를 하며 숨을 길게 내쉬었고 진월은 몬스터들이 모두 죽자, 슬금슬금 달아나고 있는 호박을 따라잡았다.

덥석!

"으아악! 놔라! 이 건방진 놈! 난 위대한……."

"닥쳐."

"네."

날카로운 목소리에 짜증이 서린 진월이 살기를 담아 말하자 분한 듯 소리를 치던 호박은 샤방샤방하게 웃으며 눈치를 살폈다.

자신은 이 성의 집사의 역할을 맡고 있었지만 쉐빌과 친해서이지 실질적인 능력은 아무것도 없었다.

"자, 쉐빌에게 안내를 해주실까?"

"후후. 안내하라면 안내해야 됩니까! 이래 보여도 의리있는……."

"웅? 다시 짖어볼래?"

"……."

내심 깡으로 한번 버텨보려던 호박의 두 눈동자에 두려움
이 맺혔다.
진월이 바로 옆에서 달콤한 호박죽을 만들고 있었기 때문!
이 얼마나 잔인한 협박이란 말인가!
하나 쉐빌과 15년이란 시간 동안 우정을 키워온 호박이었
다. 결코 협박 한 번에 불 수 없었다. 두 번이라면 몰라도!
"쉐빌은 자주 돌아다녀서 정확히 어디 있는⋯⋯."
"어? 호박이 다 떨어졌네."
"쉐빌 새끼 저기 있어요!"
한 번은 버텨 나름 만족스런 호박이었다.

호박이 안내한 곳은 북쪽 출입구였다.
그곳에 들어서자 이상하게도 차가운 냉기가 느껴졌는데,
한 여인이 서서 기다리고 있었다.
호박은 그녀를 발견하더니 다급히 이빨로 진월의 손을 물
고, 짧은 날개로 파닥파닥 날아갔다.
"감히 쉐빌을 노리다니! 이제 너희들은 죽은 목숨이다!"
언제 비굴했냐는 듯 날개로 허리를 짚고 당당히 외치는 호
박.
진월은 그 모습에 실소를 흘리며 여자를 바라봤다. 새하얀
머리카락을 한 갈래로 곱게 땋았으며, 눈동자와 피부색은 파
란 편이었다.

“네 명 중 한 명인가?”

“그렇다! 냉기의 힘을 가진 세라다! 누가 나올 것이냐? 한 층당 한 명씩 남아서 일대일 승부를 펼쳐야 한다!”

호박의 수다에 진월은 어깨를 풀며 한 걸음 앞으로 전진했다. 그러자 다솜이 진월의 옷자락을 쥐었다.

“다솜님이 상대하시겠다고요?”

끄덕.

뜻을 알아차린 진월이 묻자, 다솜은 고갯짓으로 대답을 대신하며 앞으로 나섰다.

스르릉!

그와 함께 2층으로 향하는 문이 열렸고 호박이 먼저 안으로 올라가며 소리쳤다.

“어서들 오거라! 다른 셋도 제물을 기다리고 있으니!”

“다솜님을 믿겠습니다.”

“조심하세요.”

소울과 은아가 호박의 뒤를 따랐고, 진월은 잠시 그녀와 시선을 마주치다가 살짝 웃어준 후 올라갔다.

가면서 앞으로의 치열한 전투를 대비해 정신을 산만하게 하는 애란을 역소환했다.

“네년은 맛있어 보이는군.”

모두가 1층을 벗어났을 때, 세라가 말문을 열며 다솜에게 한 걸음 다가섰다. 그런 세라의 전신에서는 푸른빛 냉기가 흐르고 있었다.

"어떻게 씹어먹어 줄까? 뼈를 오도독, 오도독 부숴 먹을까. 살을 질겅질겅 찢어먹을까?"

"편한 대로."

"……"

새빨간 혀를 길게 내밀며 공포를 유도하던 세라의 얼굴에 황당함이 서렸다. 뭐 저런 인간이 있단 말인가?

"그 무표정한 얼굴의 가죽 먼저 벗겨야겠구나!!"

타아앗!

고함을 내지르며 세라가 먼저 움직였다.

그녀의 움직임은 조금 전 나타났던 몬스터들과 비교가 되지 않을 정도로 빨랐다. 다솜 역시 쉽지 않겠다고 판단하며 검을 뽑아 들었다.

챙강! 화르륵!

세라의 날카로운 손톱을 막으며, 냉기의 힘을 제압하는 화염계 불꽃을 한 손에 시전하는 다솜!

"마검사였구나! 얼음의 폭풍!"

다솜의 정체를 알아차린 세라는 검과 손톱이 맞부딪친 상태에서 빙계의 힘을 끌어올렸다.

파파팍!

지면에서 얼음 조각들로 이루어진 폭풍이 솟구치더니 다솜을 휘감았다. 하나 다솜은 순식간에 실드를 생성해 방어했다.

“파이어 스피어!”

번쩌억!

다솜의 손바닥에서 불꽃이 빛보다 빠르게 세라의 복부를 노리며 파고들었다.

콰아앙!

파이어 스피어가 얼음의 결계에 부딪치며 폭발을 일으켰다.

“꽤 하는 년이었… 헉!”

애써 여유있는 척 심리전을 펼치려던 세라는 저도 모르게 신음을 흘렸다.

세라가 공격을 막아낼 것이라 예측했던 다솜은 스피어가 시전되자마자 빠르게 움직여 그녀의 등 뒤를 잡았기 때문이다.

“넌 별로.”

짧은 다솜의 말과 함께 전류가 흐르는 검이 세라의 목을 노리며 파고들었다.

“크큭. 저놈들이군.”

2층에 올라서자 빼빼 마른 몸매에 검은 피부, 회색의 머리카락을 보유한 30대의 남자가 웃음을 흘렸다.

그는 벽에 기대어 앉아 있었는데, 한 손에는 전류가 흐르는 구슬을 가지고 있었다.

"전류의 힘을 가진 사토! 이곳의 제물은 누구냐?"

자신이 쉐빌이라도 된 듯 호박이 거만하게 외치자 은아가 조심스럽게 손을 들어 올렸다.

"제가 할게요……."

"괜찮겠어요?"

"네. 어차피 한 명을 맡아야 되잖아요. 그리고 전……."

은아가 뒷말을 흐리자 이중인격의 그녀를 떠올리며 진월은 고개를 끄덕였다.

겉보기에는 하염없이 약해 보이는 그녀이지만, 실력만큼은 그 누구에게 뒤지지 않았다.

"알겠습니다. 꼭 올라오세요."

"은아님, 우리는 함께입니다!"

'멘트마다 소름이 돋는군.'

두 주먹을 불끈 쥐며 소리치는 소울은 기대에 찬 눈빛으로 은아를 쳐다봤다.

하지만 그의 속내를 아는 은아는 차마 따라 하기가 창피해 애써 외면했다.

"올라가죠."

먼저 계단을 밟은 진월의 말에 소울은 아쉬움의 입맛을 다시며 3층으로 향했다.

"내 상대가 계집이라……. 큭큭. 뭐, 나야 좋지만 말이야?"

사토가 음흉하게 웃으며 은아의 전신을 훑어보며 혀로 입술을 적셨다.

"연사!"

그 모습에 불쾌함을 느낀 은아는 말을 섞지 않으며 곧바로 공격을 시전했다.

타앗! 타앗!

하나 사토는 재빠르게 은아의 연사를 피하며 한 손을 빠르게 움직였다.

번쩌억!

그의 손에 들려 있던 구슬이 사방으로 전류를 퍼트리며 은아의 가슴을 노리고 파고들었다.

"더블 샷!"

그 구슬 속에 담긴 위력이 예사롭지 않다고 느낀 은아는 한 지점에 이연타를 선사했다.

첫 번째 빛의 화살과 부딪치고 속도가 주춤거리던 구슬은 뒤를 이은 두 번째 화살에 팅겨 나가 버렸다.

"오호? 꽤 쓸 만한데?"

모든 힘을 담지는 않았지만 구슬을 팅겨내는 은아에게 살짝 놀란 사토가 눈썹을 치켜올리더니 돌진했다.

은아는 다급히 스텝을 밟아 거리를 벌렸다.

그러자 손을 뻗어 구슬을 발출하는 사토.

"빛의 환영!"

은아가 스킬을 시전하며 활시위를 놓자 수십 개의 빛나는 화살들이 층을 눈부시게 밝혔다.

화살들의 절반은 구슬을 노렸으며, 나머지 절반은 유도탄처럼 사토를 따라다녔다.

결국 피하기를 포기한 사토는 전류를 최대한 끌어올리며 빛의 화살들과 맞부딪쳤다.

퍼퍼퍼펑!

허공에서 연이은 폭발이 일어나더니 연기가 시야를 가렸다.

그 속에서 은아는 방심하지 않고 곧바로 다음 스킬을 준비했다.

"이제 본격적으로 해볼까?"

그때였다. 옆에서 들리는 거친 목소리와 인기척에 은아는 다급히 활의 방향을 틀며 그에게 10연발의 연사를 시전했다.

하나 접근은 시선을 끌기 위한 작전이었다.

쉐에엑! 퍼억!

"아악!"

폭발과 함께 구슬이 은아의 어깨를 관통하고 지나갔다.

은아의 신형이 비틀거렸다. 어깨에서 피가 튀자, 은아가 차가운 웃음을 터뜨렸다.

"어머. 이 싸가지없는 새끼가? 이제 본격적으로 하자?"

은아의 전신에서 뿜어지는 기세가 완벽하게 탈바꿈하는 순간이었다.

"흐아암!!"

3층에 도착하자 붉은색 머리카락을 허리까지 기른 거대한 체격의 근육질 남자가 늘어지게 하품을 하고 있었다.

"땅의 힘을 가진 캐슬. 어떤 놈을 먹고 싶냐?"

"글쎄. 으음."

캐슬은 날카로운 손톱으로 이빨을 후비며 진월과 소울을 번갈아 바라봤다. 그러다 소울을 손가락으로 가리켰다.

"저놈이 강해 보이는군."

'아하하…… 이 새끼가?'

애써 웃으려 하는 진월의 이마에 혈관이 솟구쳤다. 자신은 약해 보여서 상대하기 싫다는 뜻이 아닌가!

"진월님, 이곳은 제가 맡겠습니다. 진월님의 실력은 제가 잘 아니 기분 나빠하지 마세요."

"……."

소울의 위로에 마음을 진정시키려던 진월의 두 눈동자 좁아졌다. 그의 표정이 누가 봐도 뿌듯해 보였기에!

"알겠습니다. 강! 한! 소울님이 이곳을 맡으세요. 저는 올라가 보겠습니다."

"동료들이 함께 있는 한 저는 지지 않습니다!"

소울이 큰 소리로 외치며 손바닥을 들어 올렸다. 하이파이브를 간절히 하고 싶다는 의지!

하지만 분명 창피한 짓을 원할 것이라고 예측한 진월은 이미 사라지고 없었고, 소울은 머리를 긁는 척하며 손을 내렸다.

"네놈은 나를 즐겁게 해줄 수 있으려나? 묘족들은 전부 약해빠져서 말이지."

캐슬이 커다란 도끼를 들며 일어섰다.

"당신도 묘족이 아닙니까?"

"나? 우리는 선택받은 묘족들이다! 땅의 울림!"

쿠우웅! 트트특!

캐슬의 도끼가 지면을 내려쳤다. 그와 함께 성 전체가 흔들리는 듯한 진동을 일으켰고, 소울은 위험을 느끼며 다급히 옆으로 피했다.

파아앗!

소울이 서 있던 자리가 원형으로 움푹 파였다. 충격파였다.

"호오, 감이 좋은 놈이군. 그러나 감만으로는 나를 이길 수 없지."

"그건 붙어봐야 알지 않을까요?"

소울은 자신만만한 미소를 지으며 빠르게 파고들었다.

일대일의 대결에서는 패배한 적이 없는 자신이다. 한데 유저도 아닌 묘족, 그것도 악당한테 질 수 없었다.

"사신의 풍!"

"땅의 수호!"

검은 폭풍이 휘몰아쳤다. 지면이 들썩거리더니 사신의 풍을 무효화시켰다.

"땅의 지배!"

소울의 얼굴에 당혹감이 서렸다. 돌들이 마치 살아 있는 듯 자신의 발목을 부여잡았던 것이다.

"어디 한번 죽어봐라!"

두 손으로 도끼를 꽉 쥔 채 위에서 내려치는 캐슬! 소울은 이를 꽉 깨물며 맞부딪쳐 갔다.

"사신의 철퇴!"

콰아앙! 푸우웁!

고막을 찢을 듯한 굉음과 함께 소울의 입에서 피가 숫구쳤다. 양손으로 내려쳐 힘이 더해진 부분도 있겠지만 엄청난 괴력이었다.

"이거 대단한걸?"

캐슬은 기가 찬 얼굴로 소울을 바라봤다. 설마 아래에서 자신의 힘을 받아내는 인간이 있을 줄은 생각조차 하지 못했다.

비록 출혈을 일으키고, 무리가 갔겠지만 원래의 예상대로라면 검과 함께 몸을 이 등분시켰어야 했다.

"칭찬, 감사하군요."

도끼와 검이 맞부딪치는 순간 땅의 지배에서 풀려난 소울은 숨을 짧게 들이마신 뒤, 캐슬과의 거리를 단번에 좁혔다.

자신의 스킬은 단거리이기에 최대한 근접전을 유도해야
했다.

"사신의 크로스!"

쉐에엑! 차착!

"크윽! 이놈이!"

가슴에 십자 형태의 검상을 입은 캐슬이 고함을 지르며 도
끼를 옆으로 휘둘렀다. 바람을 가르는 소리와 함께 소울은 자
신의 검을 세워 막았다.

하나 힘의 차이를 극복하지 못하며 두세 걸음 뒤로 밀려났
다.

"땅의 폭발!"

"사신의 그림자!"

채 중심을 잡기도 전에 이어진 캐슬의 외침과 함께 지면이
들썩거리자 위기를 느낀 소울이 다급히 그림자를 발휘했다.

파아앗!

그와 함께 용암처럼 폭발한 지면은 소울의 그림자를 집어
삼켰고, 그사이 소울은 캐슬의 측면에서 접근해 갔다.

"사신의 통곡!"

캐슬의 전신 곳곳에서 피가 솟구쳐 올랐다.

"이곳이 너의 무덤이다! 이 동족 살인자!"

4층에 올라온 호박은 조금 전 봤던 호박죽을 떠올리며 서

글픔과 분노를 감추지 못했다.

"네놈도 죽 끓여 버린다?"

"흐익!"

진월이 살벌한 눈빛으로 위협하자 호박은 다급히 마지막 묘족의 등 뒤로 숨었다. 검은색 단발머리와 눈동자, 새하얀 피부가 눈부신 소녀였다.

"차나! 놈을 죽여라!"

호박의 말이 떨어지는 순간이었다.

무표정하게 허공을 바라보고 있던 차나의 두 눈동자에 살기가 감돌더니 진월을 바라봤다.

번쩍! 화르륵!

그와 함께 차나의 자그마하고 하얀 두 손에 이글거리는 불꽃이 맺혔다.

"적…… 죽인다."

'불꽃 계열이군.'

진월은 심상치 않은 위협을 느꼈다. 단지 두 눈을 마주한 것만으로도 전신의 털이 다 서는 기분이었다.

"죽어."

'빠, 빠르다!'

차나의 흐릿한 잔상이 남는다고 느껴졌을 때, 어느새 그녀는 바로 곁에 다가와 주먹을 휘둘러 오고 있었다.

파아앗!

"크으윽!"

진월의 인상이 구겨졌다. 속도는 물론 데미지도 만만치 않았다. 불꽃으로 인한 추가 데미지도 존재했다.

하지만 직접 부딪쳐 보니 그녀가 내뿜는 살기에 비해서 실력은 한 단계 낮은 듯해서 안심이 되기도 했다.

"회피! 일격!"

진월은 차나의 이어지는 상단 공격을 피하며 스킬을 시전함과 동시에 버프의 남은 시간을 확인했다.

북쪽 입구로 들어오기 전 요리를 먹고 여우곡을 시전했었는데, 아직 5분이 남아 있었다.

여우곡은 몰라도 이 와중에 요리를 다시 하기는 쉽지 않으니 그 안에 싸움을 끝내는 게 이득이었다.

사사삭!

진월의 눈부신 공격 속도가 빛을 발휘하며 차나의 눈과 손을 어지럽게 만들었다.

현재 진월은 어둠이 지배하는 공간인 던전 안이기에 직업 효과까지 발휘해 능력의 최대치를 끌어내고 있었다.

"너… 강하다. 안 되겠어."

잠시 방어 태세로 돌변했던 차나의 눈빛이 날카로워졌다. 동시에 그녀의 주먹에 맺혀 있던 불꽃의 색이 검게 변해갔다.

'이제야 진정한 힘을 드러내는군.'

차나는 외침과 함께 진월의 오른쪽으로 달려들었다. 진월은 다급히 4선을 발휘하며 그녀를 역습했다.

'잔상!'

한데 4선은 그녀를 관통하며 애꿎은 벽에 선을 그으며 사라졌고, 진월은 반대쪽에서 느껴지는 육체의 경고에 돌아보지 않으며 급히 바닥을 굴렀다.

맞서 대응하기는 늦었다고 판단해 아예 피해 버린 것이다.

콰아앙!

그런 진월의 머리를 스치며 뜨거운 열기가 지나가더니 벽을 박살 내버렸다.

치이익!

'위험했… 응? 무슨 냄새지?'

뭔가 타들어가는 소리와 냄새에 진월은 조심스럽게 머리카락을 매만졌다.

그리고 확인할 수 있었다. 가운데 부분만 미스터리 서클처럼 움푹 들어가 있다는 사실을!

"풉! 푸하하! 머리 봐라! 으하하!"

"……."

호박의 대놓고 비웃음 작렬!

저놈은 기필코 재탕까지 하며 죽을 끓이리라 다짐하는 진월이었다.

"아하하. 이 계집년이!!"

검에 스친 목을 손으로 틀어막은 세라가 분노의 괴성을 질렀다.

번쩌억!

곧 그녀의 몸에서 푸른빛의 광채가 터져 나왔고 형태가 변하기 시작했다.

체격이 점점 커지고 귀가 뾰족하게 솟았으며, 꼬리가 튀어나왔다. 이빨은 날카로워졌고 전신이 푸른색 털로 뒤덮였다.

그녀의 본신인 묘족으로 돌아간 것인데, 다른 묘족들보다 덩치가 비정상적으로 컸다.

"죽여 버리겠다!"

세라는 내부에 울리는 음성을 토해내며 입을 크게 벌렸다.

'좋지 않다.'

다솜은 다급히 마법을 캐스팅했다. 세라의 벌려진 입안에 모이는 푸른색의 기운이 심상치 않았기에 공격형 마법과 실드를 동시에 시전했다.

스파아앗!

곧 세라의 브레스가 주위를 차갑게 얼리며 발출됐고, 다솜은 화염 계열의 마법을 던짐과 동시에 실드로 자신의 몸을 감쌌다.

콰아앙! 쩌저적!

화염이 브레스에 부딪치며 폭발을 일으켰다. 하나 브레스는 흩어지는 불꽃들을 집어삼키며 다솜을 덮쳤다.

“꽁꽁 얼었으니 깨서 먹어야겠군.”

세라는 당연히 다솜이 죽었으리라 믿어 의심치 않았다.

묘족들은 전투에 뛰어나지 않다. 하지만 쉐빌과 함께 오랜 시간 한계를 뛰어넘은 자신들은 예외였다. 본모습의 전신의 힘을 담은 브레스였기에 인간이 견딜 수 있을 리가 없었다.

그러나 세라의 확신이 깨지는 데는 오랜 시간이 걸리지 않았다.

고통스러운 듯 인상을 잔뜩 찌푸리고는 있지만 브레스를 정면으로 맞은 다솜이 살아 있었기 때문이다.

“어, 어떻게!”

‘위험했다.’

다솜은 자신의 생명을 확인했다. 실드를 연달아 세 개를 시전해 겹겹이 쌓았다. 자신의 레벨에서나 가능한 일이었다.

그럼에도 방금의 브레스로 인해 생명이 2,000이나 줄어버렸다. 앞으로 두 방이면 수비만 한다 해도 죽음을 맞이할 정도의 위력이었다.

“인간 주제에 건방진…….”

말을 끝낸 세라는 날카로운 고양이의 울음을 내며 천천히 다솜에게 접근했다.

다솜은 검을 화염계 마법으로 감싼 후, 자신이 현재 발휘할 수 있는 최대의 스킬을 한 손을 등 뒤에 숨겨 준비했다.

타아앗!

세라가 높이 뛰어올라 거대한 앞발로 다솜의 머리를 노리
며 내려쳤다. 그러자 다솜은 준비하는 마법을 들키지 않기 위
해 피하지 않으며 검을 세라의 발바닥에 꽂아버렸다.

푸우욱! 트특!

"이야아옹!"

고통에 사무친 세라의 비명이 들렸다. 하나 한 팔로 세라의
육중한 무게를 받아낸 다솜 역시 어깨가 빠져 버리며 입에서
신음이 새어 나왔다.

'조금만 더.'

다솜은 입술을 잘근 깨문 채 팔을 벽에 강제로 부딪쳤다.
전에 사냥을 하다 빠졌었는데 이런 행동을 반복하다 보니 우
연히 끼워진 적이 있었던 것이다.

트트특!

10여 번을 반복했을 때 뼈의 울림이 들렸고 다솜은 다급히
놓친 검을 쥐며 또 다른 마법을 준비했다.

그리고 쉬지 않고 달려 세라의 몸 위로 솟구쳤다.

"죽는 건 너야."

다솜은 평소보다 말을 길게 하며 자신을 떨어뜨리기 위해
몸을 뒤흔드는 세라의 미간에 검을 박아버렸다.

동시에 마법이 시전되면서 불꽃이 솟구쳤다.

"이야옹!"

치이익!

괴성과 함께 그녀의 미간으로 냉기가 모여들며 불꽃을 식혔다. 그와 함께 앞발을 휘둘러 다솜의 허벅지를 찢어버렸다.

부우욱!

손톱도 크다 보니 다솜의 허벅지가 깊게 파이며 살점이 뜯겨져 나갔고, 그녀의 육체는 바닥으로 떨어졌다.

그 틈을 놓치지 않으며 세라는 재차 브레스를 준비했다.

그 순간 등 뒤에서 준비하고 있던 마법의 캐스팅이 끝나자, 다솜은 입가에 미소를 지으며 워프 마법을 시전했다.

그런 다솜이 나타난 곳은 바로 조금 전 일격을 당한 세라의 미간 앞이었다.

"잘 가."

다솜의 손에서 발출된 검붉은 불꽃의 폭풍이 세라의 미간 속을 파고들었다.

트특! 트트특!

"어머. 아직도 안 뒈졌니?"

숨이 거칠어진 은아가 쓴웃음을 흘리며 지겹다는 듯 고개를 절레절레 저었다.

"크큭. 정말 재미있는 계집이군. 으아악!"

은아의 화살들로 인해 벽에 박혀 있던 사토가 이빨을 드러내며 고함을 내질렀다. 곧 사토 역시 세라처럼 본래의 모습으로 돌아갔다.

"고양이가 이리 커지면 반칙 아냐? 아가리를 찢어줄까?"

은아는 변신한 사토에게도 기죽지 않으며 어느새 그의 턱 밑에 누운 자세로 자리를 잡았다.

슈슈슈슉!

곧 은아의 활에서 빛의 화살 10여 발이 사토의 턱을 노리며 파고들었다. 하지만 은아의 바람은 이뤄지지 않았다.

사토의 전신에서 전류가 치솟더니 빛의 화살을 흩어지게 만든 것이다.

"네년은 곱게 죽이지 못하겠다. 키킥!"

이때까지보다 더욱 짙은 전류를 전신에서 흩날리며 사토가 달려들었다. 은아는 다급히 스텝 스킬을 이용해 거리를 벌렸다.

묘족의 모습으로 돌아가면서 근접 공격이 강해진 사토와 접근전을 벌이는 것은 위험하기 때문이다.

"너한테 뒈져줄 마음이 없는데?"

은아는 초조한 속과는 달리 겉으로는 여유를 잃지 않으며 활로 방어가 쉽지 않은 곳을 노렸다.

하지만 전신에 보호막처럼 쳐진 전류들이 그 어떤 공격도 무마시켰다.

'데미지가 떨어지는 스킬들은 안 되겠군.'

은아는 사토의 전류의 방어마저 무시할 두 개의 스킬을 떠올렸다.

하나는 파괴력이 가장 뛰어나지만 기를 충전하는 형식이었으며 시간이 오래 걸린다. 지금처럼 일대일의 상황에서는 쓸 수가 없었다.

그리고 남은 하나는 생명이 30% 이하일 때 발휘할 수 있는 스킬인데, 생명도 1,200이나 소모되기에 도박적인 스킬이기도 했다.

자신의 생명이 30%면 2,000이었다. 한데 1,200을 깎을 경우 800밖에 남지 않는다.

즉, 그 일격으로 죽이지 못한다면 자신이 당할 확률이 높아진다는 것이다.

'뭐, 별수없으니.'

다른 좋은 대책은 없는 이상 이제 남은 숙제는 치명 부위를 어찌 노리냐는 것이었다.

"뭘 그렇게 고민하시나?"

"이런."

짧은 시간 생각에 잠겼던 그 틈을 놓치지 않으며 사토가 몸으로 부딪쳐 왔다. 은아는 다급히 옆으로 몸을 날려 피했다.

그러나 이어진 그의 꼬리에 허리를 가격당할 수밖에 없었다.

우당탕! 찌리릿!

육중한 충격과 함께 전신이 바늘로 찔리는 듯한 통증이 밀려왔다. 전류의 영향이었다.

터어억!

은아가 아예 움직이지도 못한 채 숨만 헐떡거리자 승기를 잡은 사토가 앞발로 그녀의 몸을 벽으로 밀어붙였다.

이제 그녀는 저항할 기력조차 없는 듯했다.

"날 본신으로 돌아가게 한 것만 해도 쓸 만한 계집이었다. 이제 사라져라."

사토가 침이 흐르는 입을 크게 벌렸다.

번쩌억!

날카로운 이빨들 사이에서 눈부신 전류가 순식간에 원형의 형태를 이루며 모여들기 시작했다.

바로 그때, 은아가 환하게 웃으며 활을 들어 그의 벌려진 입안을 겨냥했다.

"어머, 기억 안 나? 말했잖아. 아가리를 찢어주겠다고!"

그녀는 한 번에 사토를 죽일 기회를 잡기 위해 일부러 모든 힘을 소비한 척 연기한 것이었다.

원래는 목을 겨냥하려 했었는데 사토가 입을 벌려주니 그녀에게는 더욱 잘된 일이었다.

이 위치에서는 뒤통수까지 관통될 테니.

"천벌의 화살!"

그녀의 활에서 불꽃처럼 타오르는 빛이 시전됐다.

"4선!"

네 개의 선이 용맹하게 달려드는 차나의 사지를 뒤덮었다.

그러자 차나는 피하는 것이 아닌 허공으로 점프해 선을 몸으로 받으면서 속도를 늦추지 않았다.

'터프하군.'

진월은 예상치 못한 차나의 돌진에 다급히 뒤로 물러나려고 했으나 이미 그녀는 근접한 채 아래에서 위로 주먹을 치켜올렸다.

퍼어억! 화르륵!

차나의 주먹에 적중당한 진월이 화염에 추가 데미지를 입으며 허공에 떠올랐다. 그 기회를 차나는 놓치지 않았다.

콰지지직!

어느새 진월보다 높이 솟구쳐 발로 머리를 내려찍은 차나. 그 힘에 의해 진월의 얼굴은 지면에 처박혀 버렸다.

차나의 발길질은 끊이지 않았다.

"폭!"

콰아앙!

도저히 빠져나갈 자세가 아니라 판단한 진월은 어쩔 수 없이 폭을 지면에 내리꽂았다. 그러자 폭발로 인한 데미지를 피할 수 없었지만, 벗어날 순 있었다.

'이거… 쉽지 않겠는데.'

진월은 거친 숨을 몰아쉬며 브레이크 없는 기관차처럼 다시 달려오는 차나를 주시했다.

그녀 역시 체력의 소모가 적지 않은 듯 처음보다는 스테미나가 떨어진 모습이었다.

타앗! 타탁!

차나의 주먹과 발이 진월의 단검과 허공에서 불꽃을 튀기며 교차했다.

실전 경험이 많은 듯 변칙적으로 공격해도 차나는 어렵지 않게 대처했다. 아니, 오히려 역으로 진월을 당혹스럽게 하기도 했다.

그러다 고개를 옆으로 꺾으며 차나가 주먹을 흘렸을 때, 진월은 간절한 바람과 함께 물의 파편을 시전했다.

쏴아아아!

물방울이 튀면서 차나의 곳곳을 파고들었다. 제아무리 그녀라 할지라도 물의 파편을 모두 방어하기란 불가능이었다.

그리고 그토록 기다리던 알림 음이 들렸다.

스턴 효과 발생! 4초간 정신을 차리지 못합니다!

'됐다!'

진월의 얼굴에 희심의 미소가 맺혔다. 데미지가 약한 물의 파편을 반복해서 쓴 보람이 있었다. 그는 이 기회를 놓치지 않았다.

‘이거… 괴물이군.’

소울은 캐슬의 변화에 진정 깜짝 놀랐다. 다른 묘족의 본체보다 몇 배는 될 듯한 거대한 크기!

“나의 본모습을 본 대가는 크다.”

캐슬은 두툼한 목 근육을 풀며 차갑게 말한 뒤, 두 앞발로 지면을 내려쳤다.

콰콰콰콱!

땅이 솟구치며 달려들었다. 소울은 반사적으로 점프를 하려다가 옆으로 몸을 날려 피했다. 캐슬의 크기로 봐서는 허공이 더 위험하다고 판단했기 때문이다.

한데 도착한 지점으로 갈색의 돌 부스러기들로 이루어진 브레스가 적중했다.

허공을 노리면서 그 외 피할 공간에도 브레스를 발출한 것이다. 캐슬의 브레스는 다른 셋의 묘족보다 데미지는 약하지만 시전 속도가 빨랐다.

“사신의 그림자! 커헉!”

소울은 다급히 그림자로 데미지를 흡수했지만 충격을 이기지 못한 채 바닥을 뒹굴었다.

“오호, 죽지 않았군?”

캐슬은 소울이 살아 있다는 사실이 진정 기쁘다는 듯 날카로운 이빨을 드러내며 쿵쿵! 다가왔다.

소울은 이를 꽉 깨문 채 캐슬의 약점을 찾기 위해 노력했다.

그럴 수밖에 없는 것이 자신은 생명이나 마나가 많이 소진된 상태인 데 반해, 캐슬은 더욱 강해진 듯했다.

단번의 공격으로 큰 피해를 입히지 못한다면 자신의 패배는 뻔했다.

'한 곳밖에 없는 건가.'

본체로 돌아간 캐슬은 특이하게도 몸 곳곳의 털들이 돌로 이루어져 있었다. 주로 목숨이 위험한 부위였으며, 웬만한 공격은 자연적으로 막힐 정도로 단단해 보였다.

그리고 자신에게는 원거리 스킬이 없었기에 입안을 공격할 수도 없었다. 기껏 해봐야 혀를 자르는 게 전부였는데 그 정도로는 쓰러질 리 없었다.

하지만 눈 부위는 돌로 이루어져 있지 않았다.

'문제는 양쪽 눈을 다 빼앗아야 한다는거군.'

눈은 치명상 부위이기는 하지만 곧바로 목숨을 잃게 되는 곳은 아니었다. 그렇기에 이기기 위해서는 아무것도 볼 수 없게 만들어야 했다.

"나를 더 즐겁게 해봐라!"

지척까지 접근한 캐슬이 앞발을 들어 올렸다.

소울은 다급히 몸을 일으키며 캐슬의 관절을 발판 삼아 도약하기 시작했다.

슈우우웅!

그러자 소울을 저지하기 위해 꼬리가 바람을 가르며 달려들었다.

소울은 다급히 사신의 그림자를 시전해 분신을 희생시켰다. 그와 함께 앞발이 날아왔지만 속도는 소울이 앞서 있었다.

"오호라. 눈을 노리시겠다?"

"사신의 철퇴!"

소울이 양손으로 잡은 검을 높이 치켜들며 스킬을 시전했다.

콰아앙! 쩌저적!

'뭐, 뭐야?

한데 눈 바로 앞부분에서 벽에 부딪친 느낌과 함께 무언가 금이 가는 소리가 들렸다.

'보이지 않는 보호막이 존재했군.'

예상치 못한 상황이지만 당황할 틈도 존재하지 않았다. 무언가 가로막고 있다면 그것을 깨야 했다.

소울의 강렬한 스킬 연계가 보호막에 금이 간 캐슬의 오른쪽 눈을 연속적으로 타격했다.

Chapter 4

귀한 선물

“소울님……”

“어? 두 분 다 무사하셨군요.”

기진맥진해서 바닥에 주저앉아 있던 소울이 함께 올라온 은아와 다솜을 바라보며 환한 미소를 머금었다.

“소울님도 다행이에요.”

“그러게 말입니다.”

소울은 고개를 끄덕이며 캐슬의 최후를 떠올렸다.

스킬을 세 번 연달아 썼을 때서야 그의 시력을 빼앗을 수 있었다. 오른쪽 눈을 제압한 이후에는 최대한 도망치면서 마나를 모아 다시 왼쪽 눈의 시력을 없애 버렸다.

그 후에는 자신의 기척을 제대로 감지 못하는 캐슬에게 무리하지 않으며 검상을 누적시키며 쓰러뜨릴 수 있었다.

"진월님은 어떠시려나……."

은아가 걱정스러운 목소리로 말하며 4층으로 향하는 계단을 쳐다봤다.

"올라가 보죠."

소울이 각종 소모용 아이템들과 포션으로 부상 입은 곳을 치료하고, 생명을 회복시키며 말했다.

PvP 중에는 단숨에 회복되는 고급 포션조차도 퀘스트의 영향인지 사용할 수 없었다.

곧 셋은 서둘러 진월이 있는 4층으로 향했다.

"이거 난감한데……."

진월의 얼굴에 당혹스러움이 떠올랐다.

피를 흘리며 쓰러지던 차나의 전신에서 검은 빛이 새어 나오더니 묘족의 본신으로 돌아갔다. 그와 함께 기운이 폭발적으로 증가했다.

자신은 생명은 물론 마나 역시 1/3까지 떨어진 상태인데 말이다.

또한 물의 파편의 스턴도 문제였다. 유저와의 PvP 때는 불가능하지만, 몬스터들은 치명 부위가 공격 가능했다.

한데 차나는 치명 부위가 공격이 되지 않았다.

"이야아오옹!"

귀가 쩌렁쩌렁하게 울리는 고함과 함께 차나가 달려들었
다.

"아우우우!"

버프의 시간이 다 된 것을 확인한 진월이 여우곡을 쓰며 다
급히 몸을 피했다.

콰직! 우르릉!

차나의 앞발이 닿은 벽이 그 힘을 이기지 못하며 허물어졌
다.

'치명상밖에 답이 없다.'

진월은 일반적인 묘족보다 더욱 거대한 차나의 전신을 빠
르게 살폈다. 목과 심장이 눈에 들어왔다.

'좋아.'

진월은 앞뒤 생각할 겨를 없이 차나를 향해 뛰었다.

정면으로 싸워서는 절대 이길 수 없는 상대였다. 자신의 생
명과 마나, 체력이 모두 회복된다 해도 마찬가지였다.

하나 그 어떤 존재라 할지라도 약점은 존재한다. 다윗 역시
골리앗을 쓰러뜨리지 않았던가.

화르르륵!

'크으윽!'

그러나 진월의 바람은 쉽게 이뤄지지 않았다.

차나의 다리를 밟고 도약하려고 하자 그녀의 전신에서 불

꽃이 솟구치며 온몸을 휘감았기 때문이다.

'데미지가 만만치 않군.'

10%의 상태이기에 고통은 견디지 못할 수준은 아니나, 생명에는 한계가 존재했다.

'하지만 다른 방법도 없다.'

차나의 무지막지한 공격을 방어만 하다 죽으나 죽이기 위해 달려들다 죽으나 결과는 같았다. 그렇다면 조금이라도 희망이 있는 곳에 모든 것을 걸어야 했다.

결국 진월은 재차 돌진했다.

치이익!

불꽃을 무시하고 등을 밟으며 목 쪽으로 향하는 진월의 살이 타들어가기 시작했다. 그럼에도 진월은 포기하지 않고 앞발을 피해 점프했다.

"폭!"

푸우욱! 콰아앙!

타오르는 폭의 기운이 차나의 목을 파고들며 추가 폭발을 일으켰다.

> 마나가 3ㅁㅁ 회복됩니다.

"일격!"

진월은 자신의 줄어드는 생명을 확인하며 상처가 깊은 곳에 일격을 꽂아 넣었다.

"이야아앙!"

아쉽게도 출혈 효과는 발생하지 않았지만 출혈이 멈추지 않는 차나의 입에서 고통에 가득 찬 소리가 터져 나왔다.

'죽지 않았다.'

휘두르는 앞발에 부딪쳐 지면에 떨어진 진월은 아쉬움을 느꼈다.

현재 자신의 남은 생명은 어느덧 1,500. 차나의 데미지를 생각하면 언제 죽을지 모르는 상태였다.

그래서 지금의 스킬 연계로 차나의 숨이 끊어지기를 바랐었는데.

이글이글! 파아앗!

그런 진월을 향해 차나는 비틀거리며 브레스를 발사했다.

촤아아악!

위기를 느끼며 가까스로 피한 진월은 뜻밖의 소음에 고개를 돌렸다. 놀랍게도 브레스가 닿은 곳이 흔적도 없이 녹아 있었다.

'생각만 해도 끔찍하군.'

자신이 맞은 모습을 떠올린 진월은 치를 떨며 차나의 목에 집중했다.

폭으로 상처가 생기고, 일격이 꽂혔을 때 분명 무언가 끊어지는 소리가 들렸다.

차나가 아무리 강하고 신비의 종족이라 할지라도, 목이 완전히 망가진다면 살 수 없을 것이다.

현재도 어마어마한 출혈을 일으키고 있으니까 말이다.

"자, 마지막이다."

진월이 700, 800밖에 남지 않은 생명과 마나 수치를 확인하며 최후의 작전을 펼쳤다.

"진월님, 역시."

"다행이에요……."

4층에 도착한 소울과 은아, 다솜은 바닥에 대자로 누워 있는 진월을 발견하곤 안도의 한숨을 내쉬었다.

"세 분 다 무사하셔서 다행입니다."

진월은 지친 몸을 일으키며 마지막 순간을 떠올렸다.

그가 쓴 최후의 방법은 다름 아닌 애란이었다. 가능하면 애란을 희생물로 삼고 싶지 않았지만 어쩔 도리가 없었다.

결국 영문도 모르는 애란을 소환해 미안하다는 짧은 말과 함께 차나의 타깃으로 집어던졌다.

그와 동시에 전속력으로 달려들어 그녀의 구멍 난 목에 마지막 일격을 꽂을 수 있었다.

'내일은 피곤하겠군.'

펫은 유저와 달리 죽음을 맞이할 경우 하루란 시간이 지나야 되살아난다. 애란을 달랠 생각을 하니 벌써부터 머리가 아파왔다.

　미리 그녀가 좋아하는 먹거리들을 가득 준비해 놓는 게 최선책이었다.

　"호박은 어디 갔습니까?"

　"차나가 죽자 곧바로 쉐빌한테 간 듯합니다."

　"차나요? 아. 4층의 묘족 이름이군요."

　"다른 층은 어땠나요?"

　진월이 묻자 소울이 가장 먼저 자신의 층에 대해 설명했다. 그 뒤를 이어 은아가 얘기를 했고, 마지막으로 모두의 시선이 1층의 다솜에게로 쏠렸다.

　그녀는 다들 궁금증을 가득 담아 바라보자 정성껏 대답했다.

　"피곤."

　"아…… 그랬군요."

　진월이 쓴웃음을 흘리며 고개를 끄덕였다.

　다솜이 저리 말할 정도면 1층 역시 쉽지 않았다는 뜻이었고, 아무래도 모두의 패턴이 비슷했던 듯했다.

　"진월님, 한데……."

　문득 무언가를 발견한 소울이 얼굴을 일그러뜨렸다. 그러자 뒤늦게 알아차린 은아와 다솜의 표정도 붉게 달아올랐다.

　너무 웃고 싶은데 정말 억지로 참는 표정!

　"……."

그때야 자신의 머리에 고속도로가 났다는 사실을 깨달은 진월이 애써 웃으며 셋을 이해한다는 듯 쳐다봤다.

하나 그 눈빛은 웃으면 죽여 버리겠다는 강렬한 의지가 담겨 있었다.

"이제 올라갈까요?"

몸 상태를 회복시킨 진월이 달콤한 호박죽과 건강 주스를 만들어 나눠 먹으며 말했다.

내상은 아직 완벽하게 낫지 않았지만 웬만한 부상들은 소모용 아이템들과 다솜의 마법으로 회복됐다. 머리카락도 말이다!

가상현실의 편리함이었다. 현실이었으면 최소 몇 달은 누워 있어야 했고, 삭발을 했을지도 모르는데.

"쉐빌은 분명 우리가 만난 넷보다 더욱 강할 것입니다. 하지만 우리에게는 동료들이 있습니다! 우정의 불꽃을 태워 승리를 장식합시다!"

올라가기 직전, 소울이 모두를 주목하게 하더니 저 긴 말을 단번에 토해내며 손을 힘차게 내밀었다.

진월의 표정이 일그러졌다. 그가 진지하게 낯부끄러운 말을 하는 것은 참을 수 있지만 하이파이브까지 원할 줄이야.

'뭐, 또 안 해주면 진짜 삐치실 듯하니.'

"완벽한 승리를 만들어내죠."

아무도 죽지 말자는 뜻을 담아 진월이 소울의 손에 자신의 손바닥을 포갰다.

그러자 애써 외면하려던 은아 역시 어쩔 수 없다는 듯 자신의 손을 얹었고, 그럼에도 꿋꿋하게 무관심하던 다솜은 진월의 한 번만 해주자는 간절한 눈빛에 어쩔 수 없이 동참했다.

씨이익!

이때까지 본 적이 없는 소울의 환하고 뿌듯한 미소!

"으랏차차! 가자!"

소울이 손을 번쩍 올리며 신나게 외친 후 선두에 서서 5층으로 올라갔고 셋은 실소와 함께 그 뒤를 따랐다.

"놀랍군, 놀라워."

5층 입구에 올라서자 한 남자의 목소리가 들려왔다.

그는 금빛으로 된 화려하고 커다란 의자에 앉아 턱을 괴고 있었다. 옆에는 호박이 둥둥 떠 있었다.

"나의 묘족들을 모두 쓰러뜨릴 줄이야. 설마 그 차나마저."

쉐빌이 차나만 따로 거론하자 진월은 왠지 어깨가 으쓱했다.

차나가 가장 강하다는 뜻이었으니, 자연적으로 자신을 약하다고 무시한 캐슬을 이기게 된 셈이다.

소심하게 마음에 계속 담아두고 있었던 것이다.

"어디 한번 확인해 볼까?"

이마에 두 개의 뿔이 나 있으며 흐트러진 회색 머리카락과 날카로운 두 눈, 단단해 보이는 근육질 체격의 쉐빌이 자리에서 일어섰다.

'이길 수 있을까?

진월은 긴장감에 침을 꿀꺽 삼키며 단검을 쥔 손에 힘을 주었다.

현재 파티 멤버들은 그 어디에서도, 어떤 상대를 만나도 절대 패배를 생각할 수조차 없을 정도로 강력하다.

하나 쉐빌의 전신에서 뿜어져 나오는 압도적인 기세는 그 사실에 의문을 가지게 만들었다.

더군다나 쉐빌의 수하인 네 묘족의 실력을 이미 겪었지 않았는가.

"저놈이냐? 가운데 머리가 없다더니."

"어떻게 자랐는지는 모르겠지만 저놈이 맞아."

'없는 게 아닌 탄 거였거든?

입술을 톡톡 치며 쉐빌이 묻자, 호박이 손가락으로 진월을 가리키는 순간이었다.

샤샤샥!

잔상만을 남기는 빠른 속도로 그가 접근해 왔다.

가장 앞에 서서 경계를 하고 있던 진월은, 쉐빌의 발이 지면에서 떨어지자마자 방어 태세에 돌입했다.

그럼에도 그의 움직임은 놀라울 정도로 빨랐다.

"크아악!"

"진월님! 으윽!"

와당탕!

쉐빌의 주먹이 진월의 가슴을 후려쳤다.

심장 부근을 맞은 진월은 숨이 멎는 듯한 고통을 느끼며 뒤로 나가떨어졌다. 비스듬하게 뒤에 있던 소울은 진월을 막으려 했지만 역부족이었다.

결국 소울 역시 진월과 함께 벽에 부딪치고 말았다.

"하아, 하아."

진월은 입에서 맺혀 흐르는 피를 닦으며 비틀거리는 신형을 일으켜 세웠다.

"괜찮으십니까?"

"네. 염려 마세요."

걱정하는 소울에게 애써 웃어준 진월의 표정은 좋지 않았다.

방금의 일격과 함께 이상 증세가 나타났다. 시야가 흐릿해졌으며, 균형을 잡기 힘들었다.

심장에 큰 충격이 들어가면서 일시적으로 나타나는 현상이었다.

'스피드와 데미지가 차나 이상이군.'

만약 단지 그뿐이라면 큰 문제는 없었다.

그러나 쉐빌은 자신이 갖고 있는 특수 능력은 사용하지도 않았으며, 가장 큰 문제는 변신 이후였다.

"이제 시작이야."

쉐빌이 여유롭게 웃으며 재차 잔상을 남겼다.

'저놈의 호박 새끼!'

진월은 혀를 내밀고 약 올리는 호박을 얄밉게 노려봤다.

호박이 뭐라고 입질을 넣었는지 모르지만, 쉐빌은 철저히 자신만을 노렸다.

"4선!"

수비로 일관하던 진월의 검에서 네 개의 선이 신비한 움직임을 그리며 쉐빌의 사지를 노려갔다.

"사신의 풍!"

오른쪽에서 소울이 검은 바람을 일으켰다.

"홀드! 파이어 썬더!"

다솜은 쉐빌의 다리를 붙잡으며 시전 속도는 짧지만 데미지가 나쁘지 않는 파이어 썬더를 시전했다.

"연사!"

다솜의 뒤에서 은아가 빠르게 연속 사격을 했다. 그녀의 활은 쉐빌의 이마를 노리고 날아들었다.

"크큭. 재미있군!"

쉐빌은 두 눈동자를 크게 치켜뜨며 자신의 기운을 증폭시켰다.

쏴아아아!

그의 전신에서 붉은색의 오라가 연한 빛을 발했다.

다리를 힘차게 움직이자 홀드는 속절없이 깨졌고, 빠른 손놀림으로 진월의 4선을 막아섰다.

그리고 미간을 노린 은아의 화살은 기합에 기운을 실어 물리치며 진월에게 파고들었다.

'이 상황에서!'

진월은 이를 잘근 깨물었다. 자신을 노려보는 쉐빌의 눈에서 그의 목적을 읽었기 때문이다.

푸우욱!

곧 괴이한 소리와 함께 진월의 육체가 비틀거렸다.

소울과 은아, 다솜은 내심 당혹스러웠다.

최소의 공격만 막아가며 진월을 기습할 줄은 생각하지 못했다.

물론 사신의 웨이브와 파이어 썬더가 적중했지만 오라의 영향인지 별 타격을 받지 않은 듯했다.

"이 녀석 봐라?"

쉐빌이 재미있다는 듯 입가에 미소를 그렸다.

상황을 판단했다면 수비에 들어가야 한다. 한데, 수비가 아닌 맞공격을 펼쳤다. 막을 자신이 없었을 수도 있지만 웬만한 용기가 아니면 불가능했다.

"네놈도 피는 붉군?"

진월이 거친 숨을 몰아 내쉬며 쉐빌을 자극했다.

쉐빌의 붉은 기운이 서린 손이 자신의 복부를 겨냥하자, 다급히 허리를 비틀며 일격으로 대응했다.

그 결과 자신은 옆구리의 일부분이 한 움큼 뜯겨져 나갔고, 쉐빌은 목에 검상을 입었다. 다만 깊지는 않았다.

진월이 일부러 공격받는 순간을 노려 기습했지만, 쉐빌은 본능적인 반사신경으로 피했기 때문이다.

"어때? 나와 함께할 마음은 없나?"

"쉐빌! 무, 무슨 소리… 그러나 너의 의견은 항상 깊은 생각 뒤에 나오니 나 역시 찬성이다!"

호박은 저도 모르게 반박하다가 쉐빌의 차가운 눈초리에 다급히 말을 바꿨다. 붙어가는 자의 천부적인 재능!

"4묘들은 이제 이 세상에 없다. 너희들은 나를 이길 수 없어. 어떤가? 나와 함께 세상을 지배하지 않겠나?"

현재는 묘족 마을에 둥지를 틀고 있지만 쉐빌의 목표는 대륙 전체였다.

절대자라 불릴 만한 자신의 압도적인 능력이면 인간들을 무너뜨리는 것은 일도 아니라 판단했다.

하나 인간들 중에서도 특출난 놈들이 간혹 존재했는데, 수하를 잃은 지금 이 네 명이 안성맞춤이었다.

"너를 따르면 살려주겠다는 건가?"

"4묘의 죽음은 안타깝지만 대의가 먼저이니깐."

그러나 대답은 다른 곳에서 들려왔다.

"동료의 죽음에 분노도, 슬퍼하지도 모르는 놈과 함께할 마음은 없다! 사신의 크로스!"

촤아악!

쉐빌의 등에 십자 형태의 검상이 맺혔다.

"나도 동감인데? 폭!"

쉐빌이 소울을 힐끔거리자 진월은 그 틈을 놓치지 않으며 복부를 노렸다.

가장 단거리인 복부면 막기 힘들 것이라 판단해 공격한 것이다.

하지만 쉐빌은 쉽게 당하지 않았다. 예측하고 있었다는 듯 명치 바로 앞에서 진월의 단검을 맨손으로 잡아버렸다.

퍼어엉!

추가 폭발이 일어나며 손이 너덜너덜해졌지만 쉐빌은 개의치 않는 듯했다.

"그렇게들 죽고 싶다면… 죽여주지."

쉐빌이 새하얀 이빨을 드러내며 웃었다.

"피 한 방울 남기지 않으며 말이다! 하압!"

고함과 함께 기합을 내지른 쉐빌은 순식간에 호박의 곁으로 물러났다. 그런 쉐빌의 육체는 기이하게 변하기 시작했다.

사람의 육체를 유지한 채 근육이 한층 두터워졌으며, 이빨이 날카로워지고 손톱이 뾰족하게 솟았다. 동시에 고양이의 귀와 꼬리가 솟구쳤다.

일반적인 묘족들과는 달리 사람과 고양이가 혼합된 모습이었다.

"으하하! 쉐빌은 묘족의 본신을 넘어선 전투 형태를 이뤄 냈다. 너희들은 이제 죽음이다!"

쉐빌의 변화를 옆에서 지켜본 호박이 흥분을 감추지 못하며 소리쳤다.

"하아아……."

짧은 시간 변신을 마친 쉐빌이 숨을 길게 내쉬었다. 그의 전신을 감싸고 있던 붉은 기운은 더욱 짙어진 상태였다.

'이거… 생각보다 더 안 좋은데.'

진월은 미간을 좁히며 입술을 잘근 깨물었다.

거대한 묘족을 예측했었는데, 그 한계를 넘어선 전투 형태라니!

"마지막으로 묻지. 죽고 싶은 마음은 변함없겠지?"

"어머. 정답."

진월이 애써 침착함을 유지하며 짓궂게 대답했다. 팀의 사기를 위해서라도 센 척을 할 필요가 있었다.

"크큭! 으하하!"

쉐빌이 광소를 흘리며 일행 사이로 파고들었다.

치열한 공방전이 펼쳐졌다.

진월과 소울은 근접해서 쉐빌의 공격에 맞서며 역공을 가했고, 은아와 다솜은 쉐빌의 기습을 조심하면서 마법과 활로 보조했다.

하지만 금세 한계가 드러났는데, 쉐빌의 데미지가 너무 세다 보니 소울과 진월이 탱커의 역할을 힘겨워한 것이다.

'젠장. 이대로 가면 무너진다.'

물의 파편으로 스턴을 노리던 진월의 얼굴에 참담함이 서렸다.

어느덧 소울과 자신의 생명은 절반 이하로 줄어들었는데, 쉐빌은 넷의 수없는 공격에도 큰 부상을 입지 않았다.

그 역시 완벽한 존재는 아니었기에 곳곳에 자잘한 상처들은 생겼지만, 치명타는 모두 피해 전투에는 지장을 주지 못했다.

'우리 둘 중 한 명이라도 무너지면 끝이다.'

쉐빌은 일부러 은아와 다솜을 건들지 않고 있었다.

현재 그의 실력이라면 자신과 소울을 벗어나 얼마든지 기습을 할 수 있음에도 불구하고 말이다.

압도적인 강자의 자만이자 여유였다.

[소울님, 뒤로 물러서세요!]

쉐빌이 집중 타격을 시작하자 급속도로 생명이 줄어드는 소울을 확인하며 진월이 파티창으로 소리쳤다.

[부탁합니다.]

채 생명이 30% 남지 않은 소울은 어쩔 수 없이 뒤로 빠지며 진월을 쉐빌의 타깃으로 삼게 했다.

그러고는 쉐빌의 뒤를 노리며 스킬 연계를 선사했다.

"사신의 풍! 사신의 철퇴! 사신의 크로스! 사신의 통곡!"

"이놈이!"

어차피 곧 다 죽게 될 놈들이란 판단에 진월로 공격 타깃을 바꾼 쉐빌이 고함을 내질렀다.

아무리 그라도 소울의 네 개의 스킬을 연속적으로 허용하니 타격이 적지 않았다.

퍼어억!

"크으윽!"

쉐빌이 순식간에 소울의 뒤로 위치를 바꾸며 그의 뒷목을 부여잡았다.

"죽어라!"

쉐빌의 손바닥에서 붉은 빛이 퍼져 나와 소울의 등을 가격했다.

[소울님!]

진월의 얼굴에 낭패감이 서렸다. 현재 소울의 생명으로는 버티지 못할 데미지였다. 그러나 소울은 죽지 않았다.

"사신의 빛!"

생명이 500 이하로 떨어지는 순간, 소울은 사신의 빛으로 생명을 회복시키며 지면을 뒹굴었다.

"간 떨어지게 하시네."

진월이 안도의 한숨을 내쉬자, 소울은 미안하다는 듯 손을 살짝 들어 올렸다.

'어쩔 수 없다. 일단 놈을 죽이는 게 최선이다.'

이대로는 어렵다고 판단한 진월이 결심을 굳혔다.

[시간을 끌겠습니다. 가장 강한 스킬들을 준비해 주세요.]

진월이 다솜과의 첫 파티 때를 떠올리며, 은아와 다솜을 향해 말했다.

PvP에서는 자신과 소울이 우위이지만 스킬의 데미지를 따지면 그들을 따라갈 수 없다. 단지 시간이 문제인 것이다.

[소울님, 우리가 해야 할 듯합니다. 다만 소울님은 퀘스트를 완료하셔야 하니 절대 죽지 마세요.]

[진월님도 마찬가지입니다.]

진월의 말에는 누군가 죽어야 하는 상황이 온다면 자신이 죽겠다는 뜻이 담겨 있었다.

[노력해 보죠.]

진월과 소울은 그 말과 함께 쉐빌에게 접근했고, 은아와 다솜은 자신들의 최강 스킬을 준비했다.

"태고의 힘을 빌려…….'

다솜이 양손으로 잡은 검을 앞으로 내밀며 마법을 시전했다.

"축복의 화살!"

은아가 활을 앞으로 내밀며 자신의 최강 데미지 스킬을 준비했다.

지이잉!

그녀의 활에 새하얀 빛이 서리기 시작했다. 최고 30초까지 기를 모을 수 있었다.

"커어억!"

진월의 신형이 폭발하며 뒤로 나가떨어졌다. 소울은 그런 진월이 걱정됐지만 돌아볼 겨를도 없이 쉐빌과 맞섰다.

"건방진 놈들!"

다솜과 은아가 무언가를 하려는 사실을 깨달은 쉐빌은 더 이상 장난칠 수 없다고 판단하며 소울을 거칠게 몰아붙였다.

[20초 남았어요…….!]

'젠장. 어쩌지?

쉐빌을 끝까지 물고늘어진 소울은 생명을 확인하며 갈등에 휩싸였다.

사신의 빛은 쿨 타임이 길어 사용할 수 없었으며, 자신이 죽지 않아야 퀘스트가 완료된다.

한데 살기 위해 빠지자니 다솜과 은아가 위험했다.

"비켜요!"

그때 몸을 일으킨 진월이 소울에게 소리치며 달려들었
다.

[15초요!]

[비슷.]

은아와 다솜의 파티창의 얘기를 들으며 진월은 간절한 마
음으로 스킬을 시전했다.

"물의 파편!"

스턴 효과 발생! 4초간 정신을 차리지 못합니다!

'됐다!'

지금 상황에서 4초는 천금 같은 시간이었고, 그사이 소울
은 진월의 강요에 의해 뒤로 빠졌다.

[10초 남았습니다!]

은아의 활이 휘어지기 시작했다. 모이던 원형의 기운은 콩
알에서 주먹만 해졌으며, 색깔도 붉어졌다.

"이놈! 놔라!"

"크윽! 절대 못 놔!"

진월은 쉐빌과 다솜, 은아의 가운데에 서서 그를 온몸으로
부여잡았다.

그러나 쉐빌의 괴력에 당할 수 없었다. 하나 몇 번이나 밀

처지고 가격을 당해도 뒤에서 꼭 끌어안으며 전진을 늦췄다.

[됐습니다!]

"진월님!"

은아의 외침과 함께 소울은 저도 모르게 비명 섞인 외침을 질렀다.

지금 진월은 쉐빌과 자폭을 하려는 것이다. 만약 누군가가 붙잡지 않는다면 쉐빌이 피할 수도 있을 테니.

파아아앗!

은아의 활에서 빛의 회오리가 쉐빌과 진월을 노리며 달려들었다.

그녀는 진월을 죽이고 싶지 않았지만 이제 와서 그의 노력을 헛수고로 만들 순 없었다.

"으아앗!"

쉐빌의 기합과 함께 그의 팔을 감싸고 있던 진월의 양팔이 풀렸다. 그렇지만 진월은 이를 꽉 깨물며 재차 죽을힘을 다해 끌어안았다.

"쉐빌!"

위기를 느낀 호박이 비명을 질렀다.

은아의 무시무시한 위력이 담긴 화살이 어느덧 지척까지 접근한 상태였다.

"감히!"

쉐빌이 입을 크게 벌렸다. 그와 함께 붉은색의 브레스가 빛의 활과 맞부딪쳤다.

쩌저저적!

허공에서 펼쳐지는 힘겨루기! 은아의 이마에 식은땀이 맺혔다. 단지 스킬들이 맞부딪친 상태인데도 생명이 줄어들었으며, 빛의 화살이 하염없이 뒤로 밀려갔다.

바로 그 순간이었다.

다솜의 검에서 십자 형태의 검은 기운이 무서운 기세로 은아의 빛의 화살에 힘을 보탰다.

그러자 쉐빌의 브레스는 더 이상 전진하지 못하며 팽팽하게 맞섰다.

"감히… 하등 종족들이 나를!"

쉐빌이 분노하며 자신의 모든 전력을 끌어올리려 했다. 더 이상은 놀아줄 마음이 사라졌다. 성이 흔적도 없이 사라진다 해도 말이다.

그러나 쉐빌의 바람은 이뤄지지 않았다.

"나를 잊었나 보네? 일격!"

쉐빌이 다솜과 은아의 스킬에 집중하는 사이 두 팔을 푼 진월의 단검이 쉐빌의 목에 꽂혔다.

푸우욱!

"으, 으아악!"

동시에 은아와 다솜의 스킬이 집중력을 잃은 쉐빌의 브레스를 밀어내며 둘을 덮쳤고, 엄청난 폭발이 일어났다.

"진월님……."

정적만이 흐르는 공간. 소울은 아쉬움이 가득한 목소리로 바닥에 털썩 주저앉았다.

유저가 죽으면 곧바로 부활하기에 금세 다시 만날 수 있겠지만, 그만 희생된 듯해서 안타까운 마음이 가득했다.

"어쩔 수 없었어요."

은아가 그런 소울의 곁에 앉으며 위로했다.

툭툭!

그때 누군가 둘의 어깨를 건드렸다. 돌아보니 다솜이 손가락으로 한 방향을 가리키고 있었다.

그곳은 다름 아닌 파티창이었는데 놀랍게도 진월이 생명이 남은 채 살아 있었다.

"어떻게… 진월님!"

소울이 다급히 일어나 파괴지점으로 달려가 잔해들을 치우기 시작했다.

"후아!"

10여 초가 흘렀을까? 한 부분이 들썩거리더니 진월이 솟구쳤다.

“진월님!”

소울이 기뻐하며 그를 끌어안았다. 진지한 성격인 그는 진심으로 감정이 뭉클해졌다.

“퀘스트는 끝났습니까?”

“네. 덕분에요. 그런데 어떻게 살 수 있었던 건가요?”

진월이 품에서 떨어지며 일어서자 소울은 궁금증을 참지 못하며 물었다. 다솜조차 표정에 의혹이 가득 서려 있었다.

“그게 말입니다, 제 패시브 스킬 중 무적 때문입니다.”

“무적이요?”

PvP 때 무적이 발휘되지 않았기에 셋이 알 리가 없었다.

“네. 생명력이 30% 이하일 때 일정 확률로 발휘되는데, 때마침 적용됐더군요.”

설명을 하는 진월은 아찔한 순간을 떠올렸다.

자신 역시 죽음을 피할 수 없다고 느꼈다. 은아와 다솜의 최강 스킬이었다. 생명은 10% 정도 남아 있었고 말이다.

한데 그 두 스킬이 하나되어 폭발했기에 무사할 수 있었다.

만약 쉐빌이 브레스를 쓰지 않아 따로따로 적중됐다면 무적이 발휘됐어도 자신은 누군가의 스킬에 휩쓸리며 죽음을 피하지 못했을 것이다.

“그런데 호박은요?”

“쉐빌의 죽음을 확인하자 다급히 저곳으로 달아났습니다.”

소울이 말한 곳은 스킬의 폭발과 함께 사라진 벽 너머였다.

'그놈은 꼭 재탕해서 죽 끓이려 했더니!'

진월은 안타까움을 금할 수 없었다. 아직도 그놈이 자신을 놀리던 모습이 눈에 생생한데 말이다.

"이제 그만 돌아가죠."

소울의 의견에 진월은 호박을 기억 속에 각인시키며 고개를 끄덕였다. 잠시 후 모두는 월커와 재회했다.

"정말입니까! 진짜입니까!"

'그러니 면상 좀 치워주시지요.'

장로의 집에 도착해 사실을 전하자, 장로는 흥분을 감추지 못한 채 진월에게 얼굴을 가까이 들이대며 소리쳤다.

"네, 정말입니다. 령이를 찾으며 확인했습니다!"

월커가 장로에게 확신을 전해주며 말했다. 령이는 제물로 바쳐진 묘족의 여자였다.

그때야 장로의 두 눈동자에 눈물이 가득 고이며 진월의 손을 마주 잡았다.

"고맙습니다! 이 은혜를 어찌 갚을지!!"

얼굴만 보면 원수를 만난 듯한 표정!

"딱히 선물을 바라고 한 일은 아닙니다."

진월이 손을 저으며 가장 중요한 이유를 넌지시 던졌다. 그

때야 자신이 한 말을 떠올린 장로는 손뼉을 치더니, 월커에게
눈짓했다.

"잠시 다녀오겠습니다."

"얼른 선물을 챙겨오거라. 그보다 진월님……."

월커에게 고갯짓을 한 장로가 진월을 부르더니 잠시 눈치
를 살폈다. 그 누가 봐도 자리를 비켜달라는 신호!

"저희는 나가 있겠습니다."

그 뜻을 알아차린 소울이 은아와 다솜에게 눈짓하며 자리
에서 일어서자, 진월은 저도 모르게 그의 손을 붙잡았다.

저 장로와 절대 단둘이 있고 싶지 않았다!

하나 그런 진월의 속내도 모른 채 소울은 잠시의 떨어짐도
아쉬워하는 진월의 우정에 눈웃음으로 인사를 대신하며, 손
을 뿌리치고 밖으로 나갔다.

"이제야 우리 둘뿐이군요."

장로의 걸걸한 목소리에 왠지 모를 달콤함이 묻어 나왔다.
진월은 불안한 예감과 함께 등에 소름이 돋았지만 애써 스마
일을 유지했다.

"솔직히 말하겠습니다. 그대를 처음 봤을 때부터 저는 반
해 버… 아잉."

"……"

선물만 아니라면 일격을 시전할 망언!

진월은 치밀어오는 쌍욕을 꾹 참았다. 선물이 코앞인데 다

된 밥에 재를 뿌릴 순 없었다.

"그러시군요. 저도 사실 떨림을 느꼈었는데……."

"어머나? 정말입니까!!"

"그, 그럴걸요?"

장로가 탁자를 퍼억! 내려치며 얼굴을 들이대자 진월은 애써 시선을 고정시킨 채 고개를 끄덕였다.

"저의 첫사랑……. 이 기쁜 소식을 어서!!"

"아닙니다. 일단 제 동료들에게 설명해야 되니, 선물을 전하고 제가 얘기하겠습니다."

"저의 낭군님은 생각도 깊으시군요. 알겠습니다! 선물을 받고 꼭 말하기입니다!"

핏발이 선 두 눈으로 다정하게 위협하는 장로!

진월은 자신은 진정 진심이라는 듯 세차게 고개를 끄덕였다. 잠시 시간이 흘렀다.

돌아온 월커의 손에는 선물이 들려 있었는데, 은빛의 화려한 상자에 각기 담겨져 있었다.

"자, 진월님!"

선물을 전부 나눠준 장로는 두근거림을 금치 못하며 재촉했다. 그러자 그녀의 마음을 안다는 듯 진월이 고개를 끄덕이며 파티창으로 얘기했다.

[지금입니다!]

그 말과 함께 귀환주문서를 찢는 진월! 이미 사전 설명이 된 상태이기에 모두는 당황하지 않고 진월을 따랐다.

뒤늦게 사태 파악을 한 장로가 두 눈을 튀어나올 듯 뜨며 손을 내뻗었지만 넷은 빛무리와 함께 사라진 뒤였다.

번쩍!

[하하. 설마 장로에게 고백을 받았을 줄은… 진월님 인기가 대단하신데요?]

마을로 돌아온 소울이 파티창으로 짓궂게 얘기하자 진월은 쓴웃음과 함께 두근거림을 감추지 못하며 상자를 매만졌다.

최초로 발견한 묘족. 그것도 너무나 힘겨웠던 퀘스트였으며, 그들 스스로가 귀한 보물이라고 말했다.

무엇이 들어 있을지 잔뜩 기대됐다.

[이제 열어보도록 하죠.]

한자리에 모인 넷은 진월의 말과 함께 힘차게 상자를 열었다. 그리고 볼 수 있었다. 어디서 많이 본 듯한 풀을!

진월은 설마하며 선물의 정보를 확인했다.

Item

[이레스의 강아지풀]
묘족의 어머니라 불리는 이레스의 밭에서만 자란다는 강아지풀.

그 수가 한정적이고 희귀하며 달콤한 향과 유연한 흔들림은 모든 묘
족들을 매혹시킨다.
귀한 손님에게만 주는 선물이지만 묘족 외에는 쓸모가 없다.

“…….”

그날 진월과 장로의 두 귀는 무척 가려웠다.

Chapter 5
상인 메샤

주말 새벽, 선물로 인해 분노를 감추지 못하다 죽음의 계곡 퀘스트 진행을 위해 서베를 만난 후 로그아웃을 한 진원은 새벽 일찍 집 밖으로 나왔다.

평소에 비해 한 시간이나 더 빠른 시간이었는데 오늘은 들르고 싶은 곳이 있었기 때문이다.

미진에게는 미리 오늘 운동을 쉬겠다고 거짓말을 해놓은 상태였다.

"강아지풀이 많이 폈……."

공원을 몇 바퀴 돌고 들르고 싶은 곳을 향해 달리다 무심결에 말한 진원은 짜증이 울컥하고 치밀어 오르는 것을 느꼈다.

아직도 장로와 강아지풀을 생각하면 이가 갈렸다.

그 고생을 했음에도 불구하고 강아지풀이 뭐란 말인가! 지들한테만 좋은!

그 이레스의 강아지풀은 애란에게 줄 계획이었다.

"다 와 가는구나."

차가운 새벽 공기를 맡으며 달리던 진원의 두 눈에 낯익은 건물들이 나타나기 시작했다. 그곳은 바로 혜주의 집 근처였다.

진원은 천천히 한 걸음을 내딛을 때마다 혜주와의 추억을 떠올렸다. 사실 특별한 추억이라고는 없었다.

그때 자신은 일밖에 할 수 없는 상태였고, 혜주는 언제나 이해하고 기다렸으니…….

"보인다……."

혜주의 집을 발견한 진원이 걸음을 멈추며 골목 사이에 몸을 숨겼다. 2층 창문이 보였다. 혜주가 지내던 곳이었다.

"잘 지내고 있을까?"

그날 이후 혜주에 관한 소식을 접할 수가 없었다.

주위에서 누가 자신에게 전해주지도 않았지만, 알아보려고도 하지 않았었다.

그녀의 앞에 당당하게 나설 수 있는 그때까지는 아무리 그립고, 때로는 불안해도 꾹 참자고 결심했었다.

"조금만 더 기다려 줘, 혜주야."

어느덧 혜주와 헤어진 지 3개월이란 시간이 지났다. 차원의 틈새 이벤트도 9개월이 남았을 뿐이다. 마음 같아서는 당장 혜주에게 연락을 하고, 만나고 싶었다.

그림자 여우가 됐고, 방송국에서의 수입과 차원의 틈새로 날이 갈수록 버는 돈이 늘어나고 있었으니깐.

하지만 아직은 많은 부분이 불안했으며, 결정적으로 가진 것이 없었다.

그렇기에 특별히 재산이 늘지 않는 한, 이벤트까지는 기다리고 기다리는 수밖에 없었다.

드르륵.

한참을 바라보며 생각에 잠겼던 진원이 돌아서려는 순간이었다.

창문이 열리는 소리에 무심결에 고개를 들어 올린 진원의 움직임이 멈췄다.

열린 창문은 다름 아닌 그녀의 방이었고, 혜주가 창가에 서 있었기 때문이다.

두근두근.

진원의 가슴이 세차게 뛰기 시작했다. 눈시울도 뜨거워졌다.

우연히 한 번 마주쳤을 때, 친구의 손에 이끌려 가던 혜주의 모습이 머릿속에 스치고 지나갔다.

무언가 할 말이 있다는 듯 간절해 보이는 커다란 두 눈동자에서는 슬픔이 맺혀 있었다. 어쩌면 그때 자신 역시 같은 표정이었는지 모른다.

힐끔.

그때 창문 밖으로 고개를 내밀던 혜주가 문득 진원이 있는 곳을 쳐다봤다. 그러자 진원은 다급히 고개를 돌리며 모자를 푹 눌러썼다.

말을 건네고 싶었다. 너를 위해 노력하고 있다고. 나를 믿어달라고. 기다려 달라고. 그렇지만 혜주에게 부담을 줄 순 없다.

결국 진원은 미련을 뒤로한 채 빠른 걸음으로 골목에서 사라졌다.

"영화관에서 질질 싸지나 마라. 냄새 나니깐."

"네 얼굴이 더 냄새 나거든?"

"오빠!"

"오빠아……."

사람들이 우글거리는 주말의 신세계 월드 입구.

진원과 훈남이 살기 등등해서 으르렁거리자 은혜와 미진이 둘을 말렸다.

둘이 오전부터 티격태격하는 이유는 아침에 있었던 일 때문이었다.

혜주의 집에 들렀다가 온 진원은 샤워를 하고 아침을 가볍게 먹은 후 컴퓨터를 켰다.

평소처럼 차원의 틈새 홈페이지에 가장 먼저 접속해 여러 가지 정보들과 최근 화제의 기사들을 확인했다.

그리고 오늘 오전에 보게 될 영화를 대비해 기간이 지난 영화를 방송해 주는 방송국 홈페이지에 들어가 결제를 하고 공포 영화 한 편을 틀었다.

미리 담력을 키우기 위함이었다.

"이히히!"

'영화다. 연기자다! 비현실이야!'

지루한 부분이 지나가고 드디어 귀신이 나오는 장면이었다. 진원은 애써 마인드 컨트롤을 하며 스스로를 달랬다.

덜덜덜!

하지만 떨리는 온몸은 주체할 수 없었고, 귀신이 나올 때마다 실눈을 뜬 채 양손으로는 입을 틀어막았다.

아무리 영화라 해도 무서운 건 무서운 것이었다.

특히 긴장감을 고조시키려 갑자기 귀신이 나타나며 놀래킬 때는 저도 모르게 소리까지 질렀다.

그러던 도중이었다. 진원은 문득 시선을 느끼며 온몸이 굳었다. 마치 영화 속 한 장면처럼 누군가가 쳐다보는 느낌!

'안 돼, 착각이다. 무시하자!'

진원은 환한 아침임에도 불구하고 두려움에 젖어 자신에게 외쳤다.

만약 고개를 돌렸다가는 비현실을 경험하게 될지도 모른다는 두려움이 일었다.

하나 사람의 궁금증은 참는 데 한계가 있었고, 결국 진원은 두 눈을 감은 채 고개를 휙 돌렸다!

그런 뒤 천천히 감았던 두 눈을 떴는데… 나름 비현실적인 얼굴이 방문 틈새로 자신을 훔쳐 보고 있었다.

두 눈이 반달이 된 훈남이 터져 나오는 웃음을 애써 참으며.

"품!!"

"……."

식은땀에 젖어 조심히 눈을 뜬 진원으로 인해 결국 비웃음이 터져 나온 훈남!

진원은 그런 친구의 짓궂음에 웃는 얼굴로 각목을 집어 들었고, 결국 아침부터 한판하게 된 것이다.

"귀신 나오면 눈 감는 거 아냐? 흐흐."

"오빠, 자꾸 진원 오빠 놀리면 혼나……."

팝콘과 음료를 사 들고 3층에 위치한 영화 상영관에 자리를 잡자 훈남이 어둠 속에서 진원을 약 올렸고, 은혜가 그런 훈남을 구박했다.

그러나 진원은 입구에서처럼 반격하지 않았다.

"오빠, 괜찮아?"

"어? 응!"

극도로 긴장한 상태에서의 어색한 미소!

미진은 그런 진원이 염려되면서도 너무 귀엽게 느껴졌다. 곧 영화가 시작됐다.

파아악!

서서히 공포 분위기가 조성되자 진원은 다급히 팝콘을 한 가득 움켜쥐어 입안에 넣어 씹는 척하며 담아뒀다. 비명을 지르지 않기 위함이었다.

그뿐 아니라 정신을 똑바로 차리기 위해 손으로 허벅지를 강렬하게 쥐어뜯었다.

훈남이 곁에서 호시탐탐 노리고 있다. 절대 귀신이 나올 때 두 눈을 감거나 울어서는 안 된다!

쿵! 쿵!

커다란 발자국 소리가 영화에서 들렸다. 진원은 저도 모르게 미진의 손을 움켜잡았다.

'어머……'

미진은 갑작스런 진원의 행동에 놀라기도 했지만 기쁨을 느끼며 살짝 힘을 줬다.

'왜 이 영화를 보는 거야!'

체온이 느껴지자 혼자가 아니라는 생각에 잠시 진정이 된 진원은 속으로 불만을 토로했다.

차라리 스릴러면 괜찮다. 참혹한 하드코어 영화도 상관없다. 범인이 사람이니깐 말이다.

한데 어릴 때 헛것인지 뭐인지는 모르겠지만 귀신을 본 이후로는 공포영화에도 가슴이 조마조마해졌다.

'에이. 안 되겠다.'

영화가 절반쯤 지났을 때, 몇 번이나 신음이 터져 나오려던 진원은 어쩔 수 없이 결심을 하며 살짝 엉덩이를 들었다.

"화장실 좀 갔다 올게."

이로 인해 잠시 자리를 빠져나가도 훈남은 어쩔 수 없을 것이다. 생리현상 때문이니깐!

물론 무서워서 피한 게 아니냐고 의구심은 품겠지만 증거는 없었다.

"후아. 이제야 살 것 같네."

사람들이 왔다 갔다 하는 환한 곳으로 나오자 진원은 막혔던 숨이 터져 나왔다.

'10분은 있다가 들어가야겠군.'

정말 소변이 마렵기도 했지만 왕복 5분이면 충분했다. 그러나 큰일을 봤다고 하면 5분은 더 버틸 수 있었다.

진원은 서둘러 화장실로 달려갔다.

"여자끼리 신세계 월드는 처음 와본다."

"어머. 꼭 남자가 있어야 돼? 혜주, 은근히 밝히네."

"그런 거 아니거든요!"

정아가 짓궂게 놀리자 혜주가 웃으며 버럭 목소리를 높였다. 그리고 천천히 주위를 둘러봤다.

신세계 월드는 예전에 친구들 여럿과 함께 한 번 온 적이 있었다.

그러다 진원과 사귀기 시작하면서 그와 꼭 같이 오고 싶었던 곳이다. 비록 바람은 이뤄지지 않았지만.

"와, 귀엽다."

"인형탈이네? 이벤트 할 건가 본데? 직원이면 옷도 갖춰 입었을 테니."

"아빠, 나도 곰돌이! 곰돌이!"

그때 사람들의 웅성거림이 들려왔다.

"혜주야, 저거 봐봐."

"와. 곰이다."

정아의 손가락이 닿는 곳을 쳐다본 혜주의 입가에 환한 미소가 지어졌다.

그녀는 평소 곰 인형을 좋아했는데, 정장을 입은 남자가 한 손에는 꽃을 쥐고 곰돌이 탈을 쓴 채 두리번거리고 있었다.

"아무래도 애인을 위한 이벤트 같지?"

"응. 그런가 보다. 부럽다."

혜주는 흐뭇하게 그를 쳐다봤다. 이 역시 진원과 사귈 때 바랐던 부분이었다. 물론 진원의 상황을 알기에 이해했었지만.

터벅, 터벅.

“어, 이리로 온다.”

누군가를 찾던 남자의 시선이 정아와 혜주에게 닿더니 다가오기 시작했다.

“왜지? 야? 너 어디 가?”

혜주는 혹시 옆에 혼자 있는 여자가 있나 찾아보다가 정아가 몇 걸음 멀어지는 것을 보며 의아해했다.

한데 이유는 곧 밝혀졌다. 남자가 혜주의 앞에 다가와 한쪽 무릎을 꿇으며 꽃을 들어 올렸기 때문이다.

“에……?”

예상치 못한 상황에 혜주는 두 눈만 껌뻑거리며 꽃을 쳐다봤다.

“아가씨, 받아요!”

“휘익! 휘익! 누구는 좋겠다!”

“야, 너도 저렇게 좀 해봐! 남자친구라고 하나 있는 게.”

많은 사람들의 시선이 주목되자 혜주는 어쩔 줄 몰라 하며 남자와 정아를 번갈아 쳐다봤다.

정아는 얼른 받으라는 듯 손짓했고, 결국 혜주는 일단 꽃을 받아 들었다.

그러자 남자가 자리에서 일어서며 주머니에서 무언가를 찾기 시작했다. 한데 없는지 곳곳을 뒤졌다.

그 모습이 우스꽝스러워 혜주가 웃음을 터뜨릴 때, 남자는 기다렸다는 듯 손에서 목걸이를 꺼내며 탈을 벗었다.

얼굴이 온통 땀에 젖은 그는 승우였다.

"와. 잘생겼다."

"어머, 저 여자 진짜 부럽다. 완전 훈남이네."

"야, 너는 왜 이렇게 생겼어? 남자친구라고 하나 있는 게."

승우는 환한 미소를 지으며 손으로 얼굴을 부채질하다 더위가 어느 정도 가라앉자 목소리를 가다듬고는 혜주에게 말했다.

"지금 바로 나의 단 하나뿐인 사람이 되어달라고 하지는 않을게. 다만 널 위해 준비한 이 시간을 받아줘."

승우는 그 말과 함께 혜주의 목에 목걸이를 걸어줬다.

주위에서 축하를 담은 박수 소리가 터져 나왔다.

"시원하다."

소변을 보고 차가운 물에 세수를 하고 나온 진원은 시원한 캔 음료를 하나 뽑아 마셨다.

그리고 난간에 팔을 걸치고 아래를 내려다봤다. 6분이 지났기에 4분은 마음을 안정시키고 들어갈 생각이었다.

"응? 뭐지?"

그런데 1층 입구 근처에서 사람들이 웅성거리기 시작했다.

곧 곰돌이 탈을 쓴 한 남자가 들어왔고 많은 사람들은 흥미로운 구경을 하듯 그곳으로 모여들었다.

'오호라. 시간을 때울 수 있는 건수가 또 생겼군?

진원의 입가에 미소가 맺혔다.

큰일을 보니 10분 정도가 지났고, 프로포즈 이벤트를 하는 듯해서 구경하다 보니 추가로 10분이 더 지났다!

물론 완벽을 기하기 위해 휴대폰으로 실시간 사진을 찍어 보여줄 계획이었다.

'가보자.'

10분의 시간을 합법적으로 더 벌 수 있게 된 진원은 룰루랄라 하며 휴대폰을 꺼내 들고 1층으로 내려갔다.

다만 사람들로 인해 잘 보이지 않아 계단 쪽으로 자리를 옮겨 주인공들을 살피며 휴대폰을 들어 올렸다.

그때 남자는 주머니에서 무언가를 막 찾고 있었는데 우선 전체 샷을 찍고, 남자를 찍고, 여자에게로 폰 방향을 돌리던 진원의 표정이 굳어졌다.

"혜주……?"

진원은 눈을 비볐다. 그리고 힘을 주어 여자를 재차 자세히 바라봤다.

살짝 먼 감이 있지만 자신이 그녀를 몰라 볼 리가 없었다. 또한, 몇 걸음 곁에는 친구도 함께 있었다. 그녀는 분명 혜주였다.

"어떻게……."

진원은 휴대폰을 쥔 손을 내리며 그들을 쳐다봤다.

남자가 탈을 벗었다. 꽤 미남이었다. 그리고 무언가를 말하더니 혜주의 목에 목걸이를 걸어줬다.

　그 광경에서 진원은 힘없이 발길을 돌려 반대편 출입구로 신세계 월드를 빠져나왔다.

　내심 불안했었다. 혜주는 그 누구라도 사랑할 만큼 예쁘고 매력적인 여자이니간.

　"하, 하하."

　허탈한 웃음이 새어 나왔다. 단지 그 장면만으로 혜주와 그 사람이 연인이 되었다고는 결정지을 수 없었다.

　한데 걱정하던 부분을 눈앞에서 지켜보게 되니 가슴이 아려왔다. 또한 지금의 자신이 한심하게도 느껴졌다.

　결국 진원은 복잡한 감정의 소용돌이에서 벗어나지 못하며 술을 마시기 위해 걸음을 옮겼다.

　"오빠, 어디야!"

　진원이 전화를 받자 미진은 저도 모르게 목소리를 높였다.

　생각보다 늦어 영화가 보기 싫어 밖에서 기다리고 있을 줄 알았다. 하나 도중에 빠져나와 아무리 찾아도 진원이 보이지 않았다.

　전화를 수없이 하고 문자를 남겨도 연락이 되지도 않고 말이다. 그러다 세 시간 만에 전화를 받은 것이다.

　그사이 미진은 도망친 거라 약 올리는 훈남의 다리를 걸어찬 후 집에 도착한 상태였다.

“오빠, 괜찮아?”

진원이 아무런 대답을 하지 않자 미진은 걱정이 앞섰다.

“미진아…….”

“어어?”

미진의 눈동자가 흔들렸다. 진원의 목소리는 술에 취해 있었다. 그가 이 시간에 술을 마시는 경우는 정말 흔치 않았다.

“아무 일도 없어. 미안해.”

진원이 애써 웃으며 말하자 오히려 더욱 가슴이 아파오는 미진은 신발을 신었다.

“어디야? 내가 지금 갈게.”

“집 근처야. 곧 들어갈 테니 걱정 마.”

“그래도…….”

“곧 들어갈게.”

진원의 확실한 거절에 미진은 당장 뛰쳐나가고 싶었지만 어쩔 수 없이 숨을 크게 내쉬며 신발을 벗고 거실로 돌아갔다.

“기다릴게…….”

“그래. 알았어.”

진원은 대답과 함께 전화를 끊으며 남은 맥주를 단숨에 들이켰다.

“어차피 예상했던 일이다.”

우지끈.

진원의 손에 들린 빈 캔이 일그러졌다.

감정에 무너질 필요 없다. 그래서는 안 된다. 자신의 목표를 위해서라도.

혜주에게 고백하는 이들이 있다 해도, 혹은 혜주가 받아들인다 해도, 지금의 자신은 아무것도 생각하지 말고 1주년 이벤트를 위해 노력해야 한다.

그것이 혜주와 자신을 위한 길이었으며, 지금은 혜주와 재회할 날만을 꿈꾸며 이를 꽉 깨문 채 참아야 했다.

"정신 차리자."

퍼억!

진원은 각오를 다지기 위해 자신이 앉아 있는 평상을 향해 주먹을 세차게 내질렀다. 통증이 느껴지자 정신이 맑아지고 술이 좀 깨는 기분이었다.

그리고 곧 자리에서 일어나 차원의 틈새에 접속하기 위해 비장함이 가득한 얼굴로 집을 향해 걸었다.

더럽게 아픈 손을 촐싹맞게 흔들며.

＊　　＊　　＊

"서방님?"

"아, 아하하. 나의 부인?"

“어머……. 이제야 인정하시는군요!”

차원의 틈새에 접속한 진월은 애란의 부활 시간이 지났다는 사실을 확인하며 소환했다.

역시 그녀는 예상대로 짙은 살기를 흩뿌렸지만, 처음 듣는 부인이라는 표현에 언제 그랬냐는 듯 환하게 웃었다.

하나 공은 공이고 사는 사였다.

“그런데 우리 서방님, 저를 왜 집어 던지셨어요?”

‘집요하군.’

애써 부인이라는 소리까지 해줬건만 먹히지 않자 진월은 결국 비장의 무기를 꺼냈다.

“널 위해 준비했어.”

사랑이 가득한 눈길과 함께 펼쳐지는 맛있어 보이는 먹거리들의 향연!

애란의 두 눈동자에 하트가 맺혔다. 그러나 여기서 끝이 아니었다.

“이것도 있지.”

“그것은… 이레스의?”

혹시나 해서 덤으로 얹어주는 것인데 애란의 두 눈동자가 크게 떠졌다.

“어렸을 때 묘족에 놀러 갔었는데 그렇게 하나만 달라 해도 안 주던 그 이레스의 강아지풀!”

“그래! 바로 그거다!”

진월이 한층 밝아진 표정으로 이레스의 풀을 흔들자 애란은 순식간에 낚아채며 소중히 품에 꼭 안았다.

어느덧 그녀는 자신을 미끼로 삼은 일을 다 잊은 듯했다.

"저기 진월 맞지?"

"에이. 가짜 아냐?"

"아니야. 맞아. 서방이라 부르는 펫도 있잖아."

그때 진월을 알아본 유저들이 수군거리기 시작했다.

'가짜들이 늘긴 했지.'

유명세에는 장점은 물론 단점이 공존하는데, 가짜들도 그중 하나였다.

신규 유저들이 유명한 이들의 아이디와 생김새를 똑같이 해서 캐릭터를 생성하고, 사기를 비롯해 나쁜 짓을 저지르기도 했다.

완벽하게 재현하기는 힘이 들기에 차이는 존재하지만, 많은 유저들이 속아 넘어갔다.

이제는 그 수법이 웬만큼 알려졌기에 다들 조심하지만 말이다.

'지금 잠시 요리를 판매해 봐야겠군.'

현재 진월은 스나를 기다리고 있었다.

집에 도착해 이런저런 얘기를 나누다가 신비 종족에 관한 비밀 퀘스트를 받았다는 사실을 듣게 됐다. 그리고 도와달라는 부탁에 출발 지점인 마을에 먼저 와 있었다.

스나는 잠깐 씻고 접속한다고 했다.

"자, 모이세요!"

진월이 요리 도구를 꺼내며 외치자 유저들은 그를 중심으로 순식간에 원을 만들었다. 워낙 관심받는 유저인 진월이기에 나타나는 자체 효과였다.

"정보를 먼저 확인하고 고르시면 됩니다. 중복은 되지 않으니 유의하시고요!"

진월은 간단한 소개와 함께 빠른 손놀림으로 등록된 요리들을 하나씩 만들어 진열했다.

그러자 유저들의 웅성거림이 커졌다.

"요리에 효과가 있어! 이 정도면 장난 아닌데?"

"우와. 능력치 저하도 존재하네. PvP할 때 상대한테 먹이면 재미있겠다."

"스텟 배분도 그러한데 요리까지 할 줄 아시다니……. 진정한 잡캐시다!"

"저 달콤한 호박죽 살래요!"

"저는 건강 주스요!"

반응은 폭발적이었다. 진월의 요리라는 점이 한몫했으며, 뛰어난 효과도 이유 중 하나였다.

더군다나 맛이 안 좋거나, 능력치 저하 효과도 있어 골탕 먹일 때 등 여러 용도로 쓸 수 있다는 점도 인기였다.

"자자, 줄을 서세요!"

진월은 흡족한 표정을 지으며 머릿속으로 빠르게 가격을 결정하기 시작했다.

자신은 양심있는 사람이었다. 더군다나 첫 판매이니 일정 할인도 생각하고 있었다. 대량 구매 유저에게는 특별히 넉넉하게 1%의 추가 할인까지!

"마파두부 얼마예요? 열 개 정도 사고 싶은데."

평소에 마파두부를 좋아하는 여성 유저가 호기심을 참지 못하며 물었다. 재미있는 정보로 인해 그 맛이 어떤지 진정 궁금해졌던 것이다.

"마파두부는 개당 5,000라르크입니다."

진월이 결정한 판매가는 원가의 세 배였다.

"좋아요. 열 개 주세요."

"훌륭한 판단, 후회없을 선택! 단, 물량에 한계가 있으니 두 개만 팔겠습니다. 여기 있어요!"

어느덧 장사꾼의 멘트까지 흉내 내며 마파두부 두 개를 순식간에 만들어 건네는 진월!

그녀는 모든 유저들의 기대 속에 마파두부 하나를 손가락으로 집어 입에 넣었다. 손에 묻은 양념까지 쪽쪽 빨아주는 점도 잊지 않았다.

그리고 장렬하게 최후를 맞이해 주는 센스까지!

"이, 이 새끼……."

저도 모르게 욕을 해버리는 깊은 맛!

유저들은 정보와 딱 맞아떨어지는 그녀의 태도에 더욱 즐거움을 느끼며 치열하게 줄을 섰다.

요리 스킬의 경우 하루에 만들 수 있는 개수가 제한되어 있었다. 그렇지 않다면 많은 유저들이 요리사를 했을 것이다.

고급 스킬까지 찍은 이후, 요리만 반복해서 만들어 팔면 엄청난 라르크를 벌게 될 테니.

현재 진월의 경우는 하루에 개당 열다섯 개씩 만들 수 있었다.

"저는 달콤한 호박죽을 살게요. 일인당 최고 두 개인가요?"

"눈치있는 그대! 많은 유저 분들에게 요리를 전해주고 싶으니 어쩔 수가 없네요. 달콤한 호박죽은 8,000라르크입니다. 금방 완성됩니다!"

"우리들을 배려해 주시는구나."

"빨리 파는 게 자신한테 좋을 텐데!"

요리에 집중하는 척 고개를 숙인 진월의 입가에 흐뭇한 미소가 지어졌다.

자신 역시 후딱 팔고 끝내고 싶지만 유저들한테 호감까지 얻으면 금상첨화였다.

소문은 빠르게 퍼지고, 좋은 이미지는 언제나 이득이 되니깐 말이다.

"오빠!"

그렇게 20여 분 정도가 흐르고 만족스러운 첫 장사를 접을 때쯤 스나가 접속했다.

"우와. 진짜 진월님이다. 안녕하세요!"

은백색의 단발과 눈동자를 보유한 아름다운 미인이 인사를 건넸다.

"네, 반가워요."

진월은 대답하며 스나를 힐끔거렸다. 함께 온 이 여인이 누구냐는 물음이었다.

"오빠, 이 언니는 메샤라고 하는데 스물한 살이고, 내가 중학생 때부터 알고 지낸 언니야. 직업은 상인."

"아, 그래?"

"응. 얼마 전에 언니한테서 연락이 왔었는데, 차원의 틈새를 하고 있더라고. 오빠랑 친하고 같이 산다니깐 꼭 한 번 보고 싶다 해서."

스나가 해맑게 웃으며 대답했다. 하지만 그 파동은 컸다.

"같이 산다고……?"

"진월이 유부남이었어? 저 예쁜 소녀가 부인이고?"

"이럴 수가!"

"……"

말실수 한 번에 유부남 파동!

"아하하. 아닙니다. 제가 신세 지고 있는 친구의 여동생이에요."

진월은 다급히 숙덕대는 유저들에게 상황을 해명했다. 그러자 스나 역시 오해의 소지가 있었다 판단하며 미안하다는 듯 혀를 살짝 내민 채 배시시 웃었다.

"메샤님, 상인이시라고요?"

"네. 대륙 최고의 상인을 꿈꾸고 있죠!"

"레벨을 물어봐도 될까요?"

"현재 108을 찍었습니다!"

메샤는 소울과의 PvP 이후 더욱 주가가 높아진 진월을 코앞에서 보자 긴장감을 떨치지 못하고 계속 하이톤으로 대답했다.

'108레벨이라…….'

진월은 살짝 갈등했다. 안 그래도 동반자가 될 상인을 찾고 있었는데 자신이라면 130레벨과도 얼마든지 파트너가 가능했다.

하나 스나의 실제 아는 언니라는 점 등을 고려하면 메샤와 손을 잡아도 나쁘지 않을 것 같았다.

적어도 자신을 이용하려 하지 않을 테고, 더 많이 챙겨주려 노력할 테니.

믿을 수 있는 사람이 곁에 있다는 건 언제나 든든한 일이었다.

또한 아직은 상위 레벨은 아니지만 관계를 돈독히 맺으면

훗날 큰 도움이 될 터였다.

"라르크의 여유는 되시는 편인가요?"

"설마……?"

진월의 속내를 파악한 메샤의 두 눈동자가 크게 흔들렸다.

"네. 제가 아직 연계된 상인 분이 없어 아이템들을 창고에 쌓아두기만 했는데, 기왕이면 스나와 실제 친분도 있는 메샤님과 함께하고 싶어서요."

"정말인가요? 제 귀에 살이 찐 건 아니겠죠?"

장로처럼 격하게 얼굴을 들이대며 기뻐하는 메샤!

상인으로 살아오며 이때까지 일명 대박 거래자는 존재하지 않았다. 한데 다른 이도 아닌 차원의 틈새 스타인 진월이었다. 자신으로서는 꿈에서나 바라던 일이 이루어진 것이다.

"네. 일단 창고로 가서 계산을 해보시죠."

"감사합니다! 스나야, 고마워! 너로 인해 내 인생에 꽃이 피는구나!"

"헤헤. 잘됐다. 언… 꺄아악!"

주물주물.

함께 기뻐하던 스나는 자신의 엉덩이를 주무르는 손길에 비명을 질렀다.

현실에서 메샤가 변녀로 불리는 이유였는데, 그녀는 좋은 일이 생길 때 남녀를 막론하고 엉덩이를 만졌다.

다만 진월은 초면이고, 별 다섯 개의 유저이기에 자제한 것이다.

“대략 파악되셨습니까?”

“…….”

창고로 이동해 진월이 그동안 단 한 번도 팔지 않고 쌓아둔 잡템들을 본 메샤는 할 말을 잃고 말았다.

세상에! 아무리 진월이라도 이토록 많은 물량일 줄은 생각도 하지 못했다.

‘이 정도면 거래 스킬과 레벨도 몇 단계나 오르겠다!’

상인들은 NPC들에게 물건을 사고 팔 때 레벨과 스킬의 경험치가 상승했다.

“잠시 분류 좀 해야 되겠어요!”

“네. 기다릴게요.”

그녀가 진정 지금의 상황에 감격하며 숨을 고르는 모습을 보자, 진월 역시 기분 좋은 표정을 지으며 스나의 곁에 섰다.

‘멋있다.’

스나는 그런 진월이 더욱 크게 느껴졌다.

진월의 유명세는 잘 알고 있었지만, 자신의 친한 사람이 감격하는 모습을 지척에서 보니 감회가 새로웠다.

스파앗!

메샤가 손을 뻗자 허공에서 리어카가 나타났다. 그녀는 스킬을 시전하며 빠르게 잡템, 재료 템들을 구분하기 시작했다.

"이건 유저용이군요!"

유저용이란 것은 상점에 파는 것보다 유저들에게 파는 게 이득이 큰 재료 템들이었다.

"다 끝났습니다!"

10여 분 정도가 지나자 메샤가 땀을 닦으며 소리쳤다.

구분 스킬을 시전했음에도 불구하고 워낙 물량이 많다 보니 꽤 시간이 걸렸다.

"상점용은 7% 드리겠습니다."

상인들은 일반 유저보다 더 높은 가격을 받고 상점에 팔 수 있었는데, 현재 메샤는 7%를 받았다.

즉, 자신은 이득을 전혀 남기지 않은 채 가격을 쳐주겠다는 뜻이었다.

'괜찮은데.'

현재 메샤의 레벨이라면 평균적으로 많이 쳐줄 경우 6%였다.

"남는 게 없을 텐데요?"

"스킬과 레벨이 상승하니 저로서는 충분한 이득입니다. 그리고 유저용도 있으니깐요!"

"그렇지만……"

만족스러워하는 속내와 달리 진월이 애써 미안한 표정을 짓자 메샤는 손을 저으며 괜찮다고 재차 강조했다.

“유저용은 10%… 괜찮을까요?”

메샤가 살짝 눈치를 살피며 말했다.

보통 유저용은 25%를 받는다. 유저를 대신해 장사해 주는 대가였다. 한데 거물 유저에게는 15~20%를 받았다.

그들이 자신과 계속 거래를 할수록 이득이기에 혜택을 주는 것이다.

그리고 진월은 거물 중에서도 거물이며, 스나와의 친분으로 인해 자신을 택해줬기에 최대치 15에서도 −5%를 한 것이었다. 메샤는 혹시나 진월이 만족스럽지 않을까 봐 염려스러웠다.

“보통 저 정도 물량과 인지도의 유저면 몇 %이지요?”

“15~20% 정도입니다!”

자신이 알아본 것과 똑같은 대답이었다. 물론 일반적인 경우이며, 소울과 자신의 등급이면 다른 상인에게도 10%는 가능했다.

“알겠습니다. 그렇게 하도록 하죠. 단, 스나의 언니이신데 10%는 제가 납득할 수 없습니다. 전 배려 깊은 남자입니다!”

‘마음도 넓으셔라!’

‘역시 우리 오빠!’

“11%로 하죠!”

“……”

내심 10.5%에서 갈등했던 진월이었다.

"상점용입니다. 확인해 보세요!"

메샤는 먼저 상점용 계산을 마치며 라르크를 건넸다.

진월의 물량은 워낙 많았지만 다행스럽게도 얼마 전 여러 템들을 처분하며 라르크의 여유가 있었다.

물론 유저용까지 계산하면 빈털터리가 될 테지만 장사를 해서 그 이상의 수입을 얻으면 된다.

"이건 유저용이요!"

정확히 11%를 뗀 금액을 확인한 진월은 1%나 올려준 자신의 바다처럼 넓고 깊은 배려심에 만족스러웠다.

'꽤 많이 모였군.'

메샤에게 처분해 받은 금액이 5백만 라르크였고, 현재 총 750만 라르크를 보유하게 됐다.

"언니, 우리 이제 그만 가볼게."

"응. 나도 퀘스트하러 가야겠다. 진월님, 반가웠어요! 앞으로 잘 부탁드려요!"

"네. 저야말로 잘 부탁합니다."

인사를 마친 메샤가 손을 흔들며 나갈 때였다.

립스님이 귓속말을 신청하셨습니다. 수락하시겠습니까?

진월의 미간이 살짝 찌푸려졌다.

"오빠……?"

"응? 잠깐만. 귓속말이 와서."

별로 할 얘기는 없지만 접속해 있다는 사실을 아는데 거절하기도 뭐했다.

또한 애초에 적당한 친분 관계를 유지하기 위해서 친구 등록을 했고 말이다.

[네, 립스님.]

[진월님, 오시면 인사를 먼저 해주시지… 서운해요. 칫.]

립스의 목소리에는 애교가 넘쳐흘렀다.

[죄송합니다. 접속하자마자 정신없어서요.]

[지금 바쁘신가 봐요?]

[네. 동생과 퀘스트를 하러 가는 중이에요.]

[아하, 아쉽다. 같이 사냥하자고 하려 했더니.]

'언젠간 사냥터를 빌리도록 하죠.'

진월이 립스와 친분을 유지하려는 가장 큰 이유였다.

그녀의 길드가 장악하고 있는 사냥터들 중 레벨 업이 잘되는 곳이 많았다.

[저도 그렇네요. 급한 퀘스트들이 끝나면 같이 하도록 해요.]

[꼭 약속했어요? 안 지키면 유혹할 거예요.]

[알겠습니다. 지키도록 하죠.]

진월은 쓴웃음을 흘리며 귓속말을 종료했다.

"누구야?"

"아. 립스님이라고 알지?"

"그 히든 클래스……? 그분 소문 안 좋다던데……."

스나가 조심스럽게 말을 꺼냈다. 립스는 특히 남자 관계가 많이 지저분한 걸로 유명했다.

"알고 있어. 단지 필요에 의해 잠시 친분을 유지할 뿐이야. 걱정 안 해도 돼."

스나의 마음을 아는 진월은 솔직하게 말했다.

"헤헤. 알았어. 오빠가 그렇다면 믿어야지. 가자."

곧 스나와 진월은 워프 게이트로 이동했다. 그런데……

"자주… 뵙는군요."

"자네인가? 이제 나의 배를 타지 않으면 외로운가 보군?"

"……."

또 불드님이셨다.

"으하하! 다음을 기약하겠네!"

'평생 만나지 맙시다!'

진월은 멀어지는 불드를 바라보며 올라오는 구역질을 힘 겹게 참았다.

하지만 처음 타는 스나는 도저히 견디지 못하고 홀로 구석 에 가서 뱃속의 내용물을 비우고 있었다.

‘불드가 일부러 몇 바퀴 돌았다는 사실을 말하면 안 되겠
군.’

그렇다면 제아무리 착한 스나라 할지라도 욕할지 모른다!

“오빠… 좀 괜찮아……?”

조금은 진정됐는지 스나가 축 처진 얼굴로 다가왔다.

“응. 나는 불드님의 배를 몇 번 이용한 적 있거든.”

“불쌍해…….”

정말 진심이 담긴 발언! 진월은 실소를 흘리며 스나의 등을
두드려 안정시켜 줬다.

“우리가 최초의 발견은 아닌가 보구나.”

섬에 도착했는데도 아무런 혜택이 뜨지를 않자 진월은 아
쉬움을 느끼며 말했다. 사실 그 혜택이 스나를 따라오게 된
결정적인 이유였다.

“그러게. 히잉…….”

스나가 실망과 함께 미안한 표정을 지었다.

비밀, 그리고 신비 종족 퀘스트를 받자마자 진월이 떠올랐
다. 같이 있고 싶었으며 도움이 될 줄 알았다.

한데 이미 누군가 완료한 퀘스트일 줄은 생각조차 못했다.

“어떤 신비 종족이야?”

“인어…….”

“역시 그렇구나. 인어의 퀘스트는 이미 누군가 완료한 거
야.”

예전에 한 번 게시글에서 본 적이 있었다. 그 내용까지는 공개하지 않았었지만 인어족은 그 유저로 인해 공개된 신비 종족이었다.

"미안해. 나는 최초의 발견일 줄 알았는데."

"그 마음만으로도 충분해. 스나와 처음으로 퀘스트도 하고 말이야. 그런데 인어족은 어디 있는 거지?"

"잠깐만!"

진월이 웃으며 머리를 쓰다듬어 주자 기분이 밝아진 스나가 인벤토리에서 작은 물병 하나를 꺼내더니 바닷가에 한 방울 떨어뜨렸다.

그러자 놀라운 일이 펼쳐졌다. 물방울이 은은한 빛을 내며 바다 전체에 퍼진 것이다.

그 시간은 극히 짧았는데 인어족에게 보내는 신호인 듯했다.

"온다."

스윽, 스윽.

해변가에 앉아서 기다리던 진월이 뛰어난 시력으로 스나보다 먼저 인어족을 발견하며 자리에서 일어섰다.

나타난 인어족은 전부 열 명 정도였는데, 동화 속에서 나오는 모습 그대로였다.

여성이었으며 각기 다양한 아름다움을 갖추고 있었고 하반신이 물고기의 형태였다.

다른 점이 하나 있었는데, 진월은 그 사실이 가장 안타까웠다.

마치 여자들의 속옷처럼 비늘의 형태가 아슬아슬하게 가리고 있는 가슴!

"너희들이 우리를 불렀나?"

나타난 인어들 중 금색의 머리카락이 배꼽까지 길게 자란 한 인어가 매혹적인 목소리로 물었다.

"네. 맞아요. 시헤스님이 보내셨습니다."

"그렇군요. 시헤스님이 보내셨군요."

차갑고 도도함이 묻어 나오던 인어의 분위기가 단번에 돌변했다. 곧 그녀는 진월과 스나에게 절을 하는 듯 고개를 깊게 숙이며 간절히 부탁했다.

"제발 우리 인어족을 구해주세요. 더 이상은 이렇게 살아갈 수 없습니다!"

Quest

[인어족의 행방—인어의 눈물]
갑작스럽게 나타난 수인족한테 지배를 당해온 인어족.
인어족의 평화를 위해 수인족의 수장 사다하를 물리치자.
기회는 단 한 번뿐이란 사실을 명심해라.

갱신과 함께 본격적인 인어의 퀘스트가 시작됐다.

Chapter 6
수인족

Shadow
Fox

"꼭 그래야 합니까……."

"안전하게 들어갈 수 있는 유일한 방법이에요."

설명을 들은 진월은 당혹스러움을 감추지 못했다.

수인족에게 지배를 당하면서부터 인어족은 매달 여자들을 바쳤다고 한다.

처음에는 절대 그럴 수 없어 저항을 하기도 해봤지만 수많은 인어족들이 죽음을 맞이하거나 끌려갔고, 결국 따를 수밖에 없었다.

그렇기에 남자인 진월이 들어가기는 힘들다는 것이 아레스의 설명이었다.

'별걸 다 경험해 보는군.'

진월은 깊은 한숨을 내쉬더니 어쩔 수 없이 고개를 끄덕이며 손바닥을 내밀었다.

아레스는 그런 진월의 손에 새빨갛고 작은 구슬을 하나 건넸다. 먹으면 한 시간 동안 여자로 변하는 효능이 있었다.

'여자인 오빠라!'

구슬을 건네받고도 잠시 망설이던 진월이 결국 꿀꺽 삼키자, 스나는 기대심을 감추지 못하며 그를 지켜봤다.

스파아앗!

진월의 전신에서 붉은 빛이 새어 나오기 시작했다.

동시에 건장하던 그의 체격이 늘씬한 여인처럼 줄어들기 시작했고, 가슴이 볼록 튀어나오며 허리는 잘록해졌다.

또한 머리카락은 허리까지 내려올 만큼 길어졌으며, 피부가 매끈해졌다.

"우와… 오빠, 예쁘다."

스나는 저도 모르게 입을 쩍 벌렸다.

어떤 모습일까 궁금했었는데, 진월이 잘생긴 탓인지 아니면 구슬의 효능인지 눈을 뗄 수 없는 미녀로 변해 있었다.

옷 역시 진월의 체격에 맞게 줄어든 상태였다.

"그래?"

"응! 한번 봐봐!"

스나가 인벤토리에서 작은 손거울을 꺼내 건네주자, 진월

은 왠지 모르게 긴장감을 느끼며 거울 속 자신의 모습을 쳐다
봤다.

'예, 예쁘잖아!'

스나의 말은 사실이었다. 현실에서 만났더라면 그 누구라
도 반했을 미인이 거울 속에 있었다.

'역시 나의 뛰어난 원판 때문!'

여자로 변한 상태에서도 멈출 줄 모르는 자화자찬!

진월은 자신의 모습에 흡족해하며 거울을 건네줬고, 아레
스는 다시 설명을 이어 나갔다.

"다만 주의할 점이 있습니다. 한 시간 동안 여자로 성별이
바뀌어 있을 때는 기존의 힘을 사용할 수가 없습니다."

진월의 미간이 살짝 찌푸려졌다. 지금은 그 모습조차 귀여
웠다.

"즉, 한 시간 동안은 숨죽여야 한다는 것이군요."

"네. 그렇습니다만, 그사이 아무 일도 없을 겁니다."

아레스가 자신하며 대답했다.

"어떻게 확신하시죠?"

"예전 한 인간 소녀에게 마법을 걸어 보낸 적이 있습니다.
그 소녀가 보는 것을 저희도 볼 수 있었죠. 최소 한 시간 이상
은 갇혀 있었으며, 병사들이 사다하에게로 데려갔습니다. 혹
시나 해서 다음 인간 소녀에게도 시전을 했었는데, 같았습니
다."

“그렇다면 다행이네요.”

만약 그사이 무슨 짓을 당한다면 차라리 위험을 감수하고서라도 남자로 가려고 했었다.

“아참, 한 가지 구슬이 더 있습니다.”

애기가 끝나갈 때쯤 아레스가 검은색 구슬을 꺼냈다.

한데, 그녀는 구슬을 건네야 할지 망설이는 느낌이었다.

“그 구슬은 뭐죠?”

“이 구슬은… 복용자의 잠재력을 끌어내는 효능이 있습니다.”

“좋은 거네요?”

“단, 심각한 부작용이 있습니다. 능력을 극한으로 끌어올리는 대가로 죽음을 피할 수 없답니다.”

“알겠습니다. 제가 받도록 하죠.”

진월이 망설임없이 손을 뻗어 구슬을 쥐었다.

“오빠!”

“하지만…….”

스나와 아레스가 우려 섞인 목소리로 그를 쳐다봤다. 하나 진월은 괜찮다는 듯 미소를 머금으며 안심시켰다.

“가능한 한 쓰지 않도록 하겠습니다. 염려하지 마세요.”

“알겠습니다. 부디 몸 조심히 다녀오시길. 하피의 영광이 머무르기를…….”

하피는 인어족의 여신이라 불리는 존재였다.

[오빠, 그거 정말 먹을 거야?]

[퀘스트 정보에 기회는 한 번뿐이라며? 아무래도 그 영향으로 난이도도 높은 것 같아. 그러니 절대 실패해서는 안 돼. 네가 살아야 퀘스트가 완료되고.]

분명 이 구슬이 존재한다는 것은, 먹어야만 하는 상황이 온다는 것이다. 그러면 자신밖에 먹을 사람이 존재하지 않았다.

스나가 먹을 경우 퀘스트의 성공 여부도 불투명해지지만, 그녀가 죽는 모습은 별로 보고 싶지 않았다.

[어차피 죽어도 다시 부활하잖아, 바보야.]

진월이 웃으며 슬퍼 보이는 스나의 손을 잡았다.

[알았어. 대신 가능하면 절대 먹지 마…….]

[그래. 약속할게.]

[착하다, 우리 언니. 히힛.]

스나가 짓궂게 진월을 놀리며 그의 가슴에 안겼다.

물컹!

"……."

현실의 자신보다 큰 진월의 가슴에 왠지 모르게 욱하는 그녀였다.

풍덩!

손목이 마법의 사슬에 묶인 진월과 스나는 두 명의 인어족과 함께 바다 속으로 뛰어들었다.

미리 인어의 아가미라는 아이템을 몸에 붙인 상태라 물속에서 호흡은 물론 대화도 가능했다.

[깊이 들어간다.]

[응. 현실에서라면 절대 불가능한 수심이야.]

[그래. 몸이 견디지 못했겠지. 우와…….]

인어들의 빠른 몸놀림에 이끌려 한참을 아래로 내려가던 진월이 감탄성을 흘렸다.

지금까지도 신비한 물고기나 바다 풍경에 내심 놀라워하고 있었는데, 갑자기 다른 세계가 나타나는 기분이었다.

용궁과 같은 거대한 궁전이 지어져 있었으며, 갖가지 색깔의 빛무리를 화려하게 내뿜고 있었다.

주위에는 꽃보다 아름다운 산호초들이 물결을 따라 흔들거렸다.

"다 왔습니다. 부디… 조심하세요."

"저희 인어족의 한을 꼭 풀어주세요."

인어들이 고개도 돌리지 않은 채 낮은 목소리로 말하며 궁전의 입구로 다가갔다.

진월과 스나는 바다에 뛰어들기 전 들은 얘기를 떠올리며 두 눈을 감고 의식을 잃은 척 연기하기 시작했다.

"호오. 벌써 한 달인가?"

입구의 경비를 맡고 있던 두 명의 수인족 중 건장한 체격에 새우의 머리를 가진 병사가 창을 거두며 시간을 계산했다. 얼추 한 달이 된 듯했다.

"그런데 두 명이나 데리고 왔군!"

"네. 둘 다 우리가 난파시킨 배에 타고 있었는데, 한 번에 데리고 왔습니다."

"어디 얼굴 좀……."

"오호라. 둘 다 아주 군침 돌게 생겼는걸?"

곁에 있던 상어의 머리를 한 수인족이 침을 꼴깍 삼켰다.

"한데 이 여자애는 가슴이 부담스럽게 크지 않아? 마치 만든 것처럼. 크큭!"

"뭐, 어때? 우리야 만질 게 많아서 좋지. 으흐흐."

"……."

스나의 육체가 움찔거렸다.

현실에서 한이 되어 가슴을 크게 설정했더니 생선 대가리들한테 이런 소리를 듣게 될 줄이야!

[차, 참아!]

콤플렉스를 자극받은 스나가 불안해진 진월은 다급히 그녀를 진정시켰다. 그런 진월은 웃음을 참기 위해 온몸이 부들부들 떨리고 있었다.

"이상한 점은 없군. 놔두고 가라."

"알겠습니다."

새우의 명에 인어족들은 진월과 스나를 바닥에 살포시 내려놨다. 자신들은 여기까지였다. 이제는 저 둘을 믿으며 기다리는 수밖에 없었다.

"자, 얼른 데리고 들어가자고!"

"그래. 아우. 만지고 싶네."

"그랬다가는 사다하님께 목이 날아갈걸? 킬킬."

진월을 바라보다 저도 모르게 손을 뻗어 만지려던 상어는 새우의 경고에 다급히 이성을 차렸다.

예전에 다른 경비병이 인간 여자를 데리고 가며 희롱했다가 사지가 찢겨 물고기들의 밥이 된 적이 있었다.

곧 둘은 진월과 스나를 안아 들고 궁 안으로 들어갔다.

[이제 움직이자.]

깔끔하게 잘 정돈되어 있는 방에 갇혀 있던 진월은 한 시간이 다가오자 스나를 향해 파티창으로 얘기했다.

[위험하면 먼저 빠져나가.]

인어의 퀘스트는 포션은 물론 피로도 회복도 인위적으로는 불가능했다. 큰 부상을 당하게 된다면 퀘스트 진행 자체가 불가능한 것이다.

그렇기에 만약 뜻대로 풀리지 않을 경우 스나가 피신하면 자신이 구슬을 삼키고 사다하를 죽일 계획이었다.

[응. 알겠어.]

한 시간 동안 진월과 작전을 재점검한 스나는 고개를 끄덕였다.

진월이 죽는 모습은 보고 싶지 않지만 퀘스트를 위해서는 어쩔 수 없었으며, 그의 고집을 꺾을 자신도 없었다.

스파아앗!

정확히 한 시간째가 되자 진월의 몸에서 재차 빛이 뿜어져 나왔다. 그는 곧 원래 자신의 모습으로 돌아갔다.

"역시 지금이 좋아."

여자일 때는 가만히 있어도 불편한 느낌이 들었었는데 이 제야 제 옷을 입은 기분이었다.

푸직. 스르륵.

진월과 스나가 갇힌 방의 문 손잡이가 부서지더니 천천히 열렸다.

방 안에서 기척을 감지해 본 결과 아무것도 느껴지지 않았 는데 역시 그 누구도 존재하지 않았다.

인어에 의해 정신을 잃고 온 인간 여자들은 사다하가 강제 적으로 깨우기 전까지는 절대 일어나지 못했기 때문에 감시 할 이유도 없었다.

슬금, 슬금.

진월과 스나는 최대한 발소리를 죽인 채 계단을 찾아 움직 였다.

자신들이 갇혀 있는 방은 3층이고, 사다하의 거처는 5층 복 도에 있는 곳이라고 했다. 정확히 어디인지는 아레스 역시 파 악하지 못했다.

[잠깐.]

위층으로 향하는 계단에 도달했을 때였다.

진월은 누군가 내려오는 인기척을 느끼며 벽에 붙은 채 단검을 쥔 손에 힘을 줬다.

스으윽!

"일격!"

"커어억!"

고등어의 머리를 가진 수인족 한 마리는 갑작스런 기습을 미처 방어하지 못한 채 가슴에 구멍이 뚫렸다.

"네, 네놈들, 크윽!"

수인족은 피가 흐르는 심장을 부여잡은 채 바닥에 주저앉아 고개를 들었다. 그 순간이었다.

삐이익!

귀가 찢어질 듯한 강렬한 소음이 수인족의 벌려진 입에서 새어 나왔다.

타타탁!

'낭패다.'

진월의 이마가 잔뜩 찌푸려졌다. 자신들이 있는 곳으로 여럿의 기척들이 접근하는 것이 느껴졌다.

초인족의 소음은 경보음이었으며, 아레스나 자신도 예측하지 못했던 일이었다.

"뛰어!"

진월은 결국 조용히 움직이기를 포기하며 스나와 함께 빠른 속도로 계단을 타고 올라갔다.

"저놈들이다!"

"죽여라!"

"물의 파편!"

위층에서 내려오던 세 마리의 수인족이 고함을 지르며 달려들었다. 진월은 재빨리 물의 파편을 시전하며 그들의 사이로 파고들었다.

스나가 타깃이 되지 않도록 하기 위함이었다.

그사이 스나는 뒤에서 정령 스킬을 시전하며 진월을 보조했다.

"정령의 혼란!"

촤아아악!

물로 이루어진 여러 작은 정령들이 수인족들의 다리를 붙잡고 늘어졌다. 그들은 중심을 잃으며 휘청거렸다.

진월은 그 기회를 놓치지 않으며 한 수인족을 노렸다.

"폭!"

콰아앙!

폭발음과 함께 수인족의 문어 머리가 산산조각이 났다.

진월은 곧바로 다른 두 마리의 수인족들도 빠르게 제압했다. 스나의 도움 역시 한몫했다.

"5층이다!"

위에서 내려온 10여 명의 수인족을 물리치고 나서야 5층에 도착한 진월은 재빠르게 좌우를 살피며 뛰었다.

복도는 있는데 방이 없기도 했고, 방은 있는데 외곽에 있기도 했다. 아레스가 말한 것은 복도 정중앙에 있는 방이었다.

'찾았다!'

그러던 진월의 눈에 아레스가 말한 위치와 똑같은 방이 발견됐고, 진월은 숨을 짧게 내쉬며 거칠게 방문을 걷어차 부쉈다.

멸치 군과 까나리 양은 침대에 마주 앉아 서로를 그윽하게 바라봤다. 둘은 오늘 미래를 약속하고 결혼한 신혼부부였다.

"그대의 눈동자에 빨려들어 갈 것 같아."

"당신의 그 은빛 때깔에 비하면 보잘것없는걸요."

"알면 됐소."

"…….

멸치 군의 숨소리가 거칠어지기 시작했다.

"그대의 입술이 탐스럽군요."

"어머…….."

까나리 양은 점점 다가오는 멸치 군에게 자신의 입술을 살짝 내밀었다.

곧 그의 따스한 입술의 감촉을 느낌과 동시에 문이 산산조각 났다.

"사다……."

확신을 가지고 들어온 진월과 스나는 입을 맞춘 채 시선만 자신들을 향하고 있는 멸치와 까나리 대가리를 멍하니 바라봤다.

"사다하는 얼굴도 사람이라 했지?"

"응. 그렇게 말했어."

"저놈들! 저기 있다!"

어떻게 해야 할지 고민할 겨를도 존재하지 않았다. 어느새 따라붙은 수인족들이 바로 근처까지 접근했기 때문이다.

"하던 거 열심히 하세요!"

진월은 나름 미안한 마음을 담아 격려를 한 뒤 고개를 돌렸다.

자신들이 올라온 방향에서 20여 명의 수인족이 접근하고 있었다.

[위험하면 알지?]

진월은 스나에게 재차 당부를 하며 반대편 복도 쪽으로 조심스럽게 물러섰다. 공간을 좁히면서 여차하면 달아나기 위해서였다.

하지만 그런 진월의 계획은 금세 무너져야 했다.

맞은편 복도의 양 통로에서도 각기 10여 명의 수인족이 달려오고 있었던 것이다.

'삼각형에 갇힌 형태로군.'

진월은 입술을 잘근 깨물며 구슬을 떠올렸다. 총 40여 명의 수인족과 한 번에 붙어 이길 자신은 없었다.

'아직은 안 돼.'

그러나 목표인 사다하는 어디 있는지 찾지도 못한 상태였다. 만약 지금 먹게 된다면 사다하를 만나지도 못한 채 자멸할 수도 있었다.

"죽어라!"

"으아아아!"

더 이상 피할 곳이 없는 상황. 진월과 스나를 가둔 수인족들이 고함을 지르며 동시에 달려들었다.

"아우우우! 물의 파편!"

여우곡이 폭발하며 물방울들이 중앙에서 달려오는 수인족들에게 발출됐다.

동시에 진월은 우측과 중앙의 경계선에 몸을 지탱하며 접근하는 수인족들과 맞섰다. 스나한테 좌측만 부담하게 하려는 위치 선정이었다.

"물의 손길!"

상쾌하고 시원해 보이는 물줄기가 형성됐다. 물줄기는 곧 성인의 몸통만 한 크기의 손으로 형상화하며 수인족들과 맞섰다.

"정령수!"

반투명한 장막에 푸른빛 기운이 소용돌이치더니 작은 공

룡 두 마리로 변했다. 그들 역시 전투를 지원하며 스나를 보호했다.

"여왕의 해일!"

쿠쿠쿠쿵!

스나의 전신에서 거대한 울림이 퍼져 나가더니 해일이 형성되며 우측의 수인족들을 휩쓸었다.

범위 스킬인지라 개개인에게 큰 데미지는 입히지 못했지만 타깃이 총 10인이기에 총 데미지는 무시하지 못했다.

촤아악!

"오빠!"

정령수들은 한계가 존재해 자신의 자리로 돌아갔던 스나가 비명을 질렀다.

모여든 수인족들 중에 특별히 실력이 뛰어난 몇몇이 있었는데, 그들 중 하나가 서슬 퍼런 기운이 실린 창으로 진월의 배를 관통시켰다.

다수의 공격에 허점이 노출됐기에 일어난 일이었다.

"쿨럭. 젠장."

진월은 피를 토하며 뒤로 물러서 스나와 등을 맞댔다.

'난감해졌다.'

이 퀘스트에서는 소모성 아이템도 사용할 수 없다. 즉, 출혈이 계속되는 한 생명은 금세 떨어진다.

'빠져나가야 해.'

진월은 입술을 잘근 깨물며 빠르게 잔머리를 굴리다 조금 전 스나의 스킬을 떠올렸다.

[정령의 혼란이 범위 스킬이야?]

[범위 공간 스킬이야. 그 공간 안에 들어오는 적들은 모두 타깃이 돼. 단 나의 근방이어야 해.]

대답을 들은 진월은 망설임없이 그녀의 몸을 끌어안고 회피를 시전해 길을 만들며 좌측 중앙으로 파고들었다.

"4선! 물의 파편!"

[지금이야!]

"정령의 혼란!"

진월의 외침과 함께 스나는 즉각 스킬을 시전했다.

물로 이루어진 작은 정령들이 나타나 근방의 수인족들의 다리를 붙잡고 늘어졌다.

휘청, 휘청!

진월과 스나의 지척에 있던 수인족들이 중심을 잡지 못하며 당황하자 잠시 동안 공격이 멈췄다.

그사이 진월은 맞은편 벽을 향해 폭을 시전했다.

곧 폭발과 함께 벽에 구멍이 뚫렸고, 진월은 스나를 안은 채 그 사이로 사력을 다해 뛰었다.

"우리의 찬란한 앞날을 위한 액땜인가 보오."

멸치 군은 애써 마음을 진정시키며 달콤히 속삭였다.

"저도 그렇게 생각해요. 하늘의 질투?"

"이 깍쟁이. 이리 와봐."

"하지만 문이……."

까나리 양이 민망하다는 듯 부서진 문 쪽을 힐끔거렸다.

문이 없기만 하다면 몰라도 방 밖에서는 치열한 전투까지 펼쳐지고 있었다.

"누가 들어오겠소? 이곳에는 우리 둘밖에 없어. 그리고 난 휴무니 저곳에서 싸우지 않아도 돼. 나만 믿으시오."

"그럴까요."

둘의 숨결이 거칠어졌다. 이 와중에도 첫날밤을 치르겠다는 지독한 의지!

곧 멸치 군의 손길이 까나리 양의 옷의 첫 단추를 풀었다. 그 순간이었다.

콰아아앙!

"비켜!"

멸치 군은 멍하니 굳어버렸다. 침대 위쪽 벽이 산산조각 나더니 아까 그놈이 또 나타났다.

그놈은 피를 뚝뚝 흘리면서 자신들의 머리 위를 스쳐 지나 창문 쪽으로 뛰어내렸다.

그 뒤를 이어 동료들이 부서진 벽을 통해 달려나와 침대를 짓밟으며 마찬가지로 창문에서 몸을 날렸다.

"……."

둘은 말없이 방을 옮겼다.

"하아……."

"오빠, 괜찮아?"

커다란 바위 뒤편에 몸을 숨기고 있는 스나는 정령들을 소환해 진월의 부상을 치료하기 시작했다.

하나 정령사인 그녀의 치유 스킬로는 진월의 상처가 완벽히 회복되지 않았다.

살의 일부가 아물고 출혈이 줄어들었지만 여전히 전투를 할 수는 없는 상태였다.

"우리 포기하자. 응? 안 해도 되잖아."

스나가 가장 바랐던 것은 진월과 함께 즐거운 시간을 보내는 일이었다.

지금처럼 목숨이 오가고, 상처를 입었는데 치유조차 해줄 수 없는 상황이 아닌.

"아직 포기하기에는 이르……."

구슬을 얘기하려던 진월의 표정이 굳어졌다.

"숨어 있어."

진월이 다급하게 외치며 자리에서 벌떡 일어섰다. 스나가 달아나다가는 위치를 잡힐 수 있다. 그렇다면 자신의 나서는 수밖에 없다.

[절대 나오지 마!]

파티창으로도 당부를 거듭한 진월은 비틀거리는 몸을 이

끌고 바위에서 최대한 떨어졌다.

무언가 다가오고 있다. 바로 곁에 있지 않음에도 불구하고 존재를 느낀 것만으로도 숨이 멎을 정도였다.

'사다하인가……'

진월은 자신의 몸 상태를 살피며 재차 걸었다.

사다하와의 대결이 펼쳐지면 근방에 존재하는 모든 것들은 무로 돌아갈지도 모르는 일이었다.

스나가 적의 시선에 띄지 않은 채 더 안전한 곳으로 피신할 수 있도록 거리를 벌려야 했다.

'결국은 먹는군.'

진월은 구슬을 매만졌다. 사실 잠재 능력을 끌어내지 않고 이길 수 있다 해도 먹어보고 싶었다.

한 번의 죽음으로 인해서 가상현실의 묘미를 느낄 수 있으니깐.

"네놈인가?"

'뭐… 야?'

진월은 바로 귓가에서 들리는 목소리를 믿을 수가 없었다.

분명 조금 전만 해도 어느 정도 거리가 느껴졌었는데 언제 이곳까지 왔단 말인가. 기척도 없이!

"이런 놈이 소란을 피우다니……. 쯧!"

"커어억!"

사다하가 혀를 차는 순간 진월은 척추가 부서지는 이질감을 느끼며 하염없이 지면을 뒹굴었다.

[오빠!]

[절대 움직이지 마!]

진월은 피를 토해내며 스나에게 말하고, 사다하와 시선을 마주쳤다.

바다를 머금은 듯한 푸른색 머리카락과 눈동자, 건강미가 넘치는 갈색 피부를 가진 그는, 바라보는 것만으로도 절로 고개가 숙여질 위엄이 서려 있었다.

인어족이 왜 그리 지배를 당하며 살 수밖에 없는지 확실히 느낄 수 있었다.

사다하는 이때까지 만난 그 어떤 적보다도 강하며 압도적이었다.

"놀라운데? 나를 마주하고도 눈빛이 꺾이지 않다니, 재미있어."

스스슥.

사다하의 신형이 진월의 코앞에 나타났다.

"설마 아직도 나를 이길 수 있다고 생각하는 건가?"

"그렇다면?"

"하, 하하! 하하하!"

파앗! 파앗!

'큭! 뭐, 이런 괴물이…….'

단지 기운을 실어 웃었을 뿐이다. 한데 그로 인해 양쪽 고막이 터져 버렸다.

"재미있는 놈이야. 그러나… 나를 이길 순 없다. 나는 신이니까."

"커어억!"

사다하의 손이 복부에 닿자, 진월의 육체는 바다 높이 솟구쳤다.

그런 진월의 전신 곳곳에서 피가 새어 나왔다. 내부가 산산조각 난 것이다.

"아참, 계집년도 있었지?"

진월이 가라앉는 것을 본 사다하가 어린아이처럼 순수한 미소를 지으며 스나의 뒤에 나타났다.

"안녕?"

덜덜덜.

자신을 향해 걸어오던 사다하가 어느새 뒤에서 목을 부여잡자 스나는 저도 모르게 온몸을 떨었다.

표현할 수 없는 두려움과 공포가 느껴졌다.

"내가 무서운 거야? 나는 여자를 죽이지 않아."

사다하가 혀로 스나의 귀를 핥으며 속삭였다.

"스스로 죽게 만들 뿐이지."

바로 그때였다.

"네가 신인가?"

사다하의 얼굴이 처음으로 찌푸려졌다. 동시에 그의 육체가 땅속 깊숙이 박혔다.

"그렇다면 나도 신인가?"

사다하의 얼굴을 내려친 진월이 차갑게 미소 지었다.

척추가 붕괴된다고 느꼈을 때 구슬을 삼켰다.

내부가 찢어지며 위로 솟구쳤을 때 기이한 경험을 하게 됐다.

마치 누군가가 수술을 하는 것처럼 빠른 속도로 자연 치유가 되는 것이다.

그와 함께 전신의 골격이 뒤틀리는 느낌과 끔찍한 통증이 전해졌고, 내부에서 전신을 울리는 폭발이 일어났을 때 끝없는 힘을 가질 수 있었다.

"오빠!"

"달아나 있어."

스나가 뒤에서 허리를 끌어안았지만, 진월은 돌아보지 않은 채 말했다.

싸움은 이제부터 시작이었다. 근방에 있다가는 고래 싸움에 새우 등 터지는 격이 될 것이다.

[사다하는 아무런 타격을 입지 않았어. 지금부터 이 주변은 초토화가 될 거야. 최대한 멀리 떨어져 있어. 끝나면 부를 테니깐.]

스나는 진월의 허리를 꼭 껴안은 채 살짝 고개를 끄덕이더

니 자신이 움직일 수 있는 최대한의 속도로 멀어지기 시작했
다.

진월이 사다하를 꺾고 환하게 웃어주리라 믿으며.

"하하. 어떻게 살아 있지?"

"신이 그조차 모르는 건가?"

진월이 빈정대자 사다하의 두 눈에 살기가 어렸다.

방금 전의 일격으로 알 수 있었다. 무슨 일이 벌어졌는지는
모르겠지만 진월이 자신과 대등한 힘을 가지고 있다는 사실
을.

"신에게 거역한다면… 죽음뿐이다."

사다하는 진월이 탐났다. 그와 함께라면 무엇도 두렵지 않
을 듯하다.

하나 너무나 강력하기에 지금 제거를 해야 했다. 이 세상에
신이라 불리는 무력은 자신 하나로 족하니까.

"신조차 죽이는 인간이 되어주지."

콰지직!

진월의 말이 채 끝나기도 전이었다. 사다하의 주먹과 진월
의 주먹이 부딪쳤다.

파아앗!

둘의 팽팽한 힘의 파동으로 인해 주위의 돌들이 부서지고
해상 위에서는 해일이 형성됐다.

"감히 인간 따위가!"

사다하의 두 눈에서 빛이 쏟아져 나왔다. 진월은 서둘러 목을 옆으로 꺾어 피했다. 그리고 단검을 뽑아 그의 심장을 노렸다.

하지만 사다하는 전신을 기운으로 감싸며 단검을 튕겨냈다.

'지금이라면 가능하다.'

뒤로 물러서는 진월은 파이와 파스를 떠올렸다. 지금의 자신은 그들조차 손쉽게 상대할 수 있을 정도였다.

"죽어버려라!"

어느새 진월의 지척까지 접근한 사다하의 손은 푸른색으로 물들어 있었다.

크아앙!

대륙을 집어삼킬 듯한 포효가 울려 퍼졌다. 사다하의 손에서 모인 빛이 눈부신 수룡이 되어 진월을 집어삼키며 거대한 폭발을 일으켰다.

"24선."

세상이 정지한 듯한 고요함 속에 스물네 개의 선이 나타났다.

잔잔함 속에 폭풍보다 위협적이고 거친, 스물네 개의 선은 피할 공간을 주지 않으며 사다하의 사지를 노리며 달려들었다.

"감히 나를 죽일 수 있을 것 같으냐!"

사다하가 양팔을 X자로 교차하더니 힘껏 펼쳤다.

그러자 원형의 푸른 구들이 수십 개 형성되더니 24선을 집어삼킬 듯이 쇄도해 갔다.

진월은 압도적인 위력의 24선이지만 사다하가 막으리라 예측하며 어느덧 그의 측면으로 접근한 상태였다.

"생사를 넘나든 경험이 적군. 폭!"

"크으윽!"

콰콰콰콰쾅!!

지금까지는 비교할 수도 없는 거대한 폭이 사다하를 덮쳤다.

곧 흔적도 없이 사라진 휑한 곳에서 서서히 솟구치는 사다하의 얼굴에서는 더 이상 여유로움을 찾을 수 없었다 그의 하체는 이미 폭의 제물이 되어 찢겨져 나간 상태였다.

"이럴 수가. 내가 이 지경이 되다니……."

사다하는 어이가 없는 듯 중얼거렸다.

'아직 포기한 눈이 아니다. 무언가 있… 큭!'

그를 빤히 쳐다보며 다시 공격을 감행하려던 진월이 머리를 부여잡았다. 온몸에 피가 들끓었다. 내부에서 찢어지고 끊어지는 소리가 들렸다.

강제적으로 잠재력을 깨워낸 육체의 붕괴가 시작된 것이다.

'얼른 끝내야겠군.'

진월이 거친 숨을 몰아쉬며 사다하에게 접근하려던 때였다. 순간 그의 전신에서 변화가 나타났다.

부글부글.

사다하의 파괴된 부분이 마치 물처럼 거품을 일으키며 끓기 시작했다.

그뿐 아니라 상체는 더욱 거대해지기 시작했고, 이마 한가운데에 뿔이 솟구쳤다.

차아악!

'정말 괴물이었군.'

진월은 고개를 절레절레 저으며 쓴웃음을 흘렸다.

육체가 어떻게 이루어져 있는지는 알 수 없지만 재생을 하게 될 것이라고는 예측하지 못했다.

하나 사다하도 이번이 마지막 재생이었다. 그는 두 개의 심장과 생명을 가지고 있는데, 그중 하나를 희생해 몸을 복구한 것이다.

"이제 봐주지 않으마."

"얼마든지."

사다하의 경고에 진월은 코웃음치며 반격했다.

그의 기운이 재생하기 전보다 더욱 팽창했다는 사실은 자신이 더욱 잘 알고 있었지만, 기세에서부터 밀려서는 안 된다.

“우오오!”

사다하가 기합을 지르며 진월에게 돌진했다.

체격이 저토록 두터워졌는데도 스피드는 변함이 없었다. 아니, 오히려 더 빨라진 듯했다.

트트특!

두 손을 마주 잡은 진월과 사다하의 힘겨루기가 시작됐다.

단지 육체적인 힘뿐만 아니라 자신의 모든 기운까지 하나가 된 무시무시한 대치였다.

결국 그 기운을 견뎌내지 못한 채 지면이 갈라지기 시작했으며 곳곳에서 폭발이 일어나기도 했다.

와르륵!

결국 왕궁조차 기운의 파동을 이겨내지 못하며 허무하게 무너져 버렸다.

수인족들은 둘의 싸움이 시작되면서부터 이미 피해 있었다. 근방에 있다가는 죽게 된다는 사실을 잘 알기 때문이었다.

멸치 군과 까나리 양 역시 그토록 고집하던 첫날밤을 포기했을 정도다.

“크큭! 이제 한계를 느끼나 보군.”

진월의 코와 입에서 피가 새어 나오자 사다하는 여유를 되찾기 시작했다.

“한계라……. 인간의 무서운 점은 한계가 없다는 것인데?”

진월은 이를 꽉 깨물며 더욱더 힘을 끌어올렸다. 내부의 붕괴 속도가 빨라지는 것이 느껴졌지만 개의치 않았다.

‘젠장. 어차피 죽을 몸……. 더, 더, 더!’

이가 부서질 듯 악문 진월의 전신에서 더욱 거센 기운이 휘몰아쳤다.

“뭐, 뭐냐!”

사다하의 얼굴에 당혹스러움이 서렸다. 곧 죽을 듯이 핏기조차 없는, 존재 자체가 사그라지고 있는 그였는데 어디서 이런 괴력이 나온다는 말인가!

“자, 누가 신이 될까?”

“어찌 인간이… 어찌 인간이!”

사다하는 믿을 수 없는 지금의 상황에 정신이 혼미했다.

이게 현실인지 아니면 꿈인지 구분조차 되지 않는 상황이었다.

하나 분명한 것은 시간이 지날수록 생명의 불씨가 꺼져 가는 인간한테 자신이 밀리고 있다는 사실이었다.

‘끝내자…….’

진월은 스스로에게 속삭이며 숨을 일순간 멈췄다. 그와 함께 온몸의 뼈가 끊어지고, 장기가 찢어지는 파열음과 함께 다시는 발휘하지 못할 힘을 폭발시켰다.

치치치직!

"안… 안 돼!"

순식간에 하염없이 뒤로 밀리는 사다하는 괴성을 지르며 고개를 저었다.

이럴 수는 없었다. 자신은 수인족이자 신이 될 존재였다. 아니, 신조차 능가하는 힘을 가지고 있다고 자부했다.

한데 어찌 인간한테 죽음을 맞이할 수 있단 말인가!

하지만 사다하는 생명도 포기한, 모든 잠재력을 끌어낸 진월의 마지막 힘에 결국 대항하지 못했다.

곧 그의 전신은 바다 전체를 물들이는 빛에 휩싸이며 가루가 되어 흩어졌다.

"오빠, 오빠!"

엉망투성이 상태의 스나가 진월이 있는 곳으로 달려왔다.

그녀는 최대한 멀리 떨어진 상태에서 정령들을 계속 소환해 전투가 벌어지는 근방으로 보내 전투 상황을 살폈다. 그러다 최후의 격돌과 함께 폭발이 일어났고, 그 영향권에 휩쓸려 죽다가 살아났다.

"퀘스트는……?"

무릎을 꿇은 채 고개를 숙이고 있는 진월이 작은 목소리로 물었다.

"헤헤. 든든한 누구 덕분에 완료했지."

“그래. 잘됐다…….”

스나는 가슴이 아파옴을 느꼈다.

진월의 말처럼 이곳은 가상현실이며 자신들은 캐릭터이다. 죽어도 얼마든지 다시 살아나는.

하나 아무리 가상이라 해도 자신이 사랑하는 사람이 생사가 오가는 싸움을 펼쳤고, 눈앞에서 죽어가고 있었다.

결국 스나의 눈동자가 붉게 충혈됐다.

“먼저 돌아가…….”

“싫어. 먼저 안 갈래.”

“더 울려고?”

진월이 실소를 흘렸다. 그 약간의 움직임에도 피부가 찢이지고 있었다.

“피이. 더 울면 되지, 모!”

스나가 애써 당차게 말하자 진월은 힘겹게 손을 들어 올렸다. 느끼고 있었다, 이제 자신이 사라지리란걸.

“스나야, 눈 감아.”

“어?”

스나가 채 말뜻을 파악하지 못하는 그때였다. 진월이 자신의 손바닥으로 스나의 눈을 가렸다.

촤아악!

곧 그의 전신은 핏빛 물이 되어 바다에 흩어졌다.

진월과 스나가 인어의 퀘스트를 펼치던 그 시각.

차원의 틈새 홈페이지와 게임 내 게시판에서는 대소란이 벌어졌다.

진월을 마지막으로 오랫동안 침묵을 지키던 히든 클래스가 나타났기 때문이다. 그것도 비슷한 시간대에 두 명이나!

그들의 직업은 바람의 저격수와 브레이커였다.

Chapter 7
트로우의 심장

"오빠, 오빠!"

죽음을 맞이하고 마을에서 부활한 진원은 계속되는 호출
로 인해 캡슐에서 빠져나왔다.

그러자 눈물범벅이 되어 울고 있는 미진의 모습이 보였다.
진원은 말없이 그녀를 품에 안아줬다.

"바보야, 내가 진짜 죽는 것도 아닌데."

"그래도, 그래도……."

미진은 진원의 허리를 꼭 끌어안으며 따스한 그의 품에 하
염없이 기댔다.

자신이 유난을 떠는 것일지도 모르지만, 진원이 죽은 그 순

간에는 아무리 가상현실이라 해도 마음이 아팠다.

'마음도 여린 녀석.'

진원은 그런 미진의 머리카락을 쓰다듬어 줬다.

그녀의 심정이 이해도 됐다. 온라인 게임의 캐릭터와 가상현실은 차이가 있으니까.

그때 방문이 열리며 훈남이 들어왔다.

"진원… 헉. 너희들 설마……."

훈남은 꼭 끌어안고 있는 둘을 보며 움찔했다. 더군다나 자신의 하나뿐인 여동생은 서럽게 울고 있었다.

"임신……?"

"……."

진원이 말없이 각목을 집어 들자 훈남은 다급히 신선한 조크임을 밝히며 찾아온 이유를 꺼냈다.

"진원아, 같이 좀 나가자."

"어디를?"

"미래 누나한테."

"미래 누나?"

진원이 의아해하며 되물었다. 미래는 자신이 들어올 때쯤 친구들과 약속이 있다며 나갔었다.

"응. 꼭 오라는데?"

진원이 미간을 찌푸렸다. 분명 나가봤자 좋은 일이 없을 듯했다.

"나 캡슐에서 안 나왔다고 말해."

진원이 절대 가지 않겠다는 확고한 의지를 밝혔다.

소울과 미진의 퀘스트를 돕는다고 아직 자신의 퀘스트를 하지 못했다.

물론 소울의 퀘스트는 일주일이 걸렸지만 최초의 발견 혜택이 있었고, 미진은 퀘스트의 시간이 짧았지만 경험치를 많이 얻을 수 있어 둘 다 이득이었지만 말이다.

특히 사다하의 경우는 2레벨 업이나 할 수 있었다. 시간에 비해 말이 안 되는 레벨 업이었으며, 괜히 비밀 퀘스트가 아니었다.

"누나, 진원이 캡슐에서 안 나왔다고 말해달래."

배려심 깊은 훈남은 방에 들어올 때부터 미래와 통화 상태였다.

"사지가 분해되기 싫으면 당장 오래."

"……"

결국 진원은 훈남, 미진과 함께 미래를 데리러 가기 위해 외출을 했다.

밖으로 나온 훈남의 코는 한 대 맞은 듯 붉어져 있었다.

스르륵.

"어서 오세요!"

고깃집의 자동문이 열리자 여자 종업원이 허둥지둥하다가

밝게 인사를 했다.

그때 누군가 다투는 소리가 들렸는데 바로 미래였다.

"언제부터 저랬어요?"

진원은 빠른 상황 판단을 위한 질문을 했다.

"1, 2분 됐어요."

"혹시 경찰에 신고했나요?"

"안 그래도 지금 하려고요."

"금방 조용 시킬 테니 하지 마세요."

진원은 그 말과 함께 훈남한테 눈치를 줬다.

혹시나 신고를 하려 하면 말리라는 뜻이었고, 언제나 티격태격하는 둘이지만 이럴 때는 호흡이 잘 맞았다.

"이 개년이, 정말 죽여 버린다!"

"죽여봐! 죽여!"

"거참, 그만들 좀 하세요!"

"누나?"

신발도 벗지 못한 채 올라선 진원은 미래를 발견하고 다가갔다. 미래는 친구 두 명과 같이 있었는데, 남자와 격한 언쟁을 하는 중이었다.

그들 곁에 있는 손님들이 말리려고 했지만 소용없는 듯했다.

"진원아!"

진원을 발견한 미래가 울먹거리며 다가오더니 투정을 부

렸다.

"이 새끼. 왜 이렇게 늦었어!"

'와도 지랄!'

진원은 쓴웃음을 흘리다 표정이 굳어졌다. 미래의 입술에 상처가 난 것을 발견했기 때문이다.

"어떻게 된 일이에요?"

"저 새끼들 가만 안 둘 거야."

"누나!"

감정 조절을 못하던 미래는 진원이 드물게 큰 소리를 치자 움찔하며 조금은 이성을 찾았다.

"왜 그랬어요?"

진원은 미래를 진정시키고 자리에 앉힌 후, 곁에 서 있는 그녀의 친구에게 물었다. 일단 어떤 이유로 싸우게 됐는지를 알아야 했다.

"미래가 기쁨조를 부르겠다고 훈남한테 전화를 한 후, 수다를 떨다 화장실에 가려 일어났는데……."

'우리를 부른 목적이 그거였군!'

진원은 속으로 실소를 흘리며 다시 얘기를 경청했다.

"그런데 갔다 오는 길에 휘청거려서 일어서려던 옆 테이블 여자랑 부딪쳤어. 한데 미래가 사과를 했는데도 저 남자들이 막 욕을 계속해서, 결국 우리도 화가 나서 싸우고 미래는 따귀도 맞고……."

진원은 남자들에게 시선을 돌렸다.

한 명은 왜소했지만 눈이 날카로웠고, 다른 한 명은 체격이 어느 정도 있었다.

아무래도 함께 있는 여자 둘의 남자친구들인 듯했으며, 나이는 20대 후반이나 30대 초로 보였다.

"누가 때렸어요?"

"저 사람이……."

그녀의 친구가 덩치가 좀 있는 남자를 손가락으로 가리켰다. 진원은 주위에 양해를 구한 뒤, 그 남자에게 다가갔다.

"사과하시죠."

미래가 그토록 흥분해 날뛰던 모습이 이해가 됐다.

실수로 인해 사과를 했음에도 불구하고 남자들이 욕에다 따귀까지 날렸으니, 더군다나 성격 강하기로 유명한 미래였다.

"사과? 이거 미친 새끼 아냐? 저년이 먼저 부딪쳐서 내 여자 넘어지게 했잖아. 내가 왜 사과해?"

살짝 눈이 풀린 남자는 원래 성격인지, 아니면 술에 취해 개가 된 건지 심한 말을 아무렇지 않게 했다.

진원의 입가에 미소가 지어졌다. 이런 상황에서 그가 웃는다는 것은 정말 화가 났다는 뜻이다.

아무리 괴팍하고 까칠하며, 자신을 자주 괴롭히는 미래라 할지라도 소중한 사람들 중 한 명이었다. 그런 미래가 남자한테 맞았다.

"얼른 사과하고 끝내는 게 좋을 텐데요."

진원이 한 번 더 꾹 참으며 경고했다.

자신이 화가 나도 큰일이지만 더 문제는 바로 훈남이었다. 자신의 누나가 맞았다는 사실을 알게 되면 눈이 뒤집힐 것이다.

다행히 카운터와 이곳은 가려져 있었다.

"안 좋으면 어쩔 건데? 하, 이 어린 새끼 봐라?"

남자가 비웃으며 손가락으로 진원의 이마를 꾹꾹 눌렀다

"진원아!"

미래가 말리기 위해 일어서며 소리쳤다. 진원이 아닌 상대 남자들이 위험하기 때문이다.

항상 웃고 당해주는 진원이지만 그가 정말로 화가 났을 때는 그 누구보다 무섭게 돌변한다는 사실을 알고 있었다.

하나 염려 말라는 듯 진원이 등 뒤로 손바닥을 펼치자 미래는 더 이상 다가가지 않았다.

"노려보면 어쩔 거냐고? 엉? 엉? 이 새끼가!"

남자는 진원이 아무런 말을 하지 않자 계속 조롱하다가 자신의 성질을 이기지 못한 채 멱살을 부여잡았다.

그와 함께 진원이 주먹을 꽉 쥐었다. 이 사람들은 대화 자체가 되지를 않았다.

힘으로 모든 것을 하려는 사람들한테는, 더 강한 힘만이 답이었다.

퍼억!

“커, 커억!”

진원의 빠르면서도 묵직한 주먹이 남자의 옆구리를 가격했다.

그는 갑작스런 기습에 숨조차 제대로 쉬지 못하며 비틀거리다 바닥을 뒹굴었다.

“이게!”

그러자 곁에 있던 눈매가 날카로운 남자가 극도로 흥분하며 진원에게 달려들었다.

진원은 한 걸음을 뒤로 빼며 남자의 주먹을 피했다. 동시에 그의 겨드랑이 안쪽을 정확히 후려쳤다.

일명 진단서 안 나오게 두들겨 패기!

돈에 한이 맺힌 시절, 도저히 못 참을 때 자연적으로 쓰게 된 방식이었다.

최대한 상처나 부상 없이 통증만 전하려는 것이다. 물론 힘 조절은 필수였다. 그렇지 않다면 어떤 불상사가 일어날지 모르니까.

“이제 사과하시겠습니까?”

진원이 쪼그리고 앉아 물었다.

예전의 자신이라면 이 정도에서 끝내지 않았겠지만, 쉽지 않은 삶을 걸어오면서 조금은 어른이 된 이제는 달랐다.

"네! 죄송합니다! 죄송합니다!"

"아가씨, 미안해요!"

그들은 몇 대를 더 맞고 나서야 진원을 이길 수 없다는 사실을 확연히 깨닫고 고분고분해졌다.

'다행이군.'

진원은 내심 최악의 경우도 생각했었다.

이처럼 힘의 차이를 깨달으면 곧바로 숙이고 들어오는 이들도 있지만, 술병을 들거나 죽자 사자 달려드는 사람들도 존재했기에.

"진원아!"

"오빠!"

때마침 훈남과 미진도 홀 안으로 들어섰다. 우당탕 소리가 몇 번 반복되자 걱정이 되어 들어온 것이었다.

그러자 훈남을 발견한 남자들의 얼굴은 사색이 되었다.

근육질의 거대한 체격! 짐승도 눈을 깔 듯한 더러운 얼굴!

"다 끝났어."

진원이 미래를 일으켰다.

"누나 입이?"

다가가던 훈남의 두 눈동자에 불꽃이 튀었다. 미래의 입술이 터진 것을 발견했기 때문이다.

"이 새끼들이!"

"다 끝났다고 했잖아."

훈남이 욕을 하며 남자들에게 다가가려 하자 진원이 황급히 손을 뻗어 그의 앞을 막았다.

"곤란해져. 가자."

진원이 훈남의 어깨를 두드렸다.

그럼에도 훈남은 쉽게 분을 가라앉히지 못했으나, 결국 돌아섰다.

"당신들에게도 세상 전부인 사람들이 있을 것입니다."

모두를 먼저 내보내고 마지막으로 나가던 진원이 문 앞에 멈춰 서서 말했다.

"당신들이 함부로 대하는 사람들도 어떤 이에게는 세상 전부입니다. 그 사실을 잊지 마세요."

*　　　*　　　*

"어머, 진월님이 먼저 저를 찾아주시다니."

고깃집을 빠져나와 근처 해장국 집에서 간단히 배를 채우고 들어온 진월은 게임에 접속해 립스와 만났다. 그 이유는 서베와의 대화 때문이었다.

죽음의 계곡에 위치한 카인의 그곳은 찾아가기가 쉽지 않다고 했다.

다만 혹시나 해서 만들어뒀던 워프 주문서가 있는데, 누군가가 훔쳐 갈 때를 대비해 결계가 쳐진 상자에 넣어뒀다는 것이다.

그 상자의 결계를 해제하기 위해서는 트로우의 심장이 있어야 한단다.

"부탁이 있어서요."

진월은 말을 돌리지 않고 바로 본론을 꺼냈다.

"무엇인데요?"

"트로우의 퀘스트를 해야 됩니다."

"트로우의 퀘스트요?"

립스가 의외라는 듯 되물었다.

트로우의 퀘스트는 정말 어쩔 수 없이 해야 되는 상황이 아니면 그 누구도 하지 않는 퀘스트였다.

일명 썩은 퀘스트라 불리는 것 중의 하나이고 말이다.

그 요인은 여러 가지인데, 첫 번째로 브로우란 골렘을 천 마리나 잡아야 했다.

사실 단지 그것뿐이면 마다할 이유가 없다. 브로우는 경험치와 잡템을 잘 주는 인기 몬스터였으니깐.

그로 인해 립스의 황혼 길드 역시 브로우가 출몰하는 곳 중 하나인 미사의 탑 5층을 점령하고 있는 상태였다.

한데 트로우의 퀘스트는 브로우 천 마리를 데미지가 낮은 퀘스트 검으로만 잡아야 했다.

또한 트로우의 심장이 유저들끼리 거래가 되지 않는다는 점도 퀘스트의 인기를 떨어뜨리는 요인이었다.

만약 거래만 된다면 퀘스트 아이템인 트로우의 심장을 고가에 팔기 위해 하는 이들도 있을 텐데 말이다.

"꼭 필요하신가 보군요."

"그렇게 됐습니다."

"잠시만요."

진월이 쓴웃음을 지으며 대답하자 립스는 붉은 와인을 한 모금 마시더니 양해를 구하고 누군가와 귓속말을 나눴다.

'2~3주 정도 걸리겠군.'

립스의 대답을 기다리는 동안 진월은 대략의 시간을 추측했다.

다른 유저들의 경험담을 보면 한 달에서 그 이상의 시간이 소모된다. 하나 잠을 안 자고, 스텟 수치가 높은 자신이라면 많이 단축시킬 수 있을 것이다.

"지금 곧바로 하실 건가요?"

"네. 그랬으면 좋겠는데, 자리를 주실 건가요?"

"진월님의 부탁인데 당연하죠."

"감사합니다."

진월의 얼굴이 조금은 밝아졌다.

브로우는 그 인기로 인해 자리를 잡기가 쉽지 않은데, 립스 덕분에 간단하게 해결됐다.

곧 진월은 립스를 따라 미사의 탑 5층으로 향했다.

그 시각 울트는 지배자의 소유 성에서 대화를 나누고 있었
다.

"새로운 히든 클래스 두 명이라… 두 명이 동시에 나타나
다니 재미있어."

"섭외는 어떻게 되가?"

검은 로브를 뒤집어쓴 여마법사 샤인이 묻자, 울트가 짜증
스럽다는 듯 얼굴을 일그러뜨렸다.

"브레이커 그 자식, 아직은 길드 가입할 마음이 없다며 계
속 거절 중이야."

"뭐, 일단 한 명이 우리의 전력이 됐으니까."

"둘 다 우리에게 온다면 더 좋은데 말이야."

바람의 저격수는 울트와 친분이 있는 관계였고, 퀘스트를
받았을 때부터 전직을 하면 길드에 가입하기로 약속이 됐었
다.

"한데 그 녀석은 어떻게 됐지?"

"소울?"

"그래. 소울."

울트가 궁금하다는 듯 쳐다보자 샤인은 고개를 살짝 저었
다.

"그 역시 설득하기가 힘들어. 우리 길드는 더욱."

"어째서?"

"얼마 전에 정보가 들어왔는데 소울과 진월이 함께 있더

래. 이미 당신과의 관계도 알고 있지 않을까?”

“그 둘이?”

울트의 두 눈이 가늘어졌다.

현재 차원의 틈새에서 가장 영향력있는 두 유저가 가깝게 지낸다는 뜻이다. 더군다나 그 한 명이 진월이다.

“그 PvP 이후인 건가?”

“아마도. 그날의 둘은 함께 퀘스트를 하고 다닐 만큼 가깝지 않은 듯 보였으니.”

“하필 진월과…….”

울트가 팔짱을 끼며 입술을 잘근 깨물었다.

길드에 꼭 데리고 오고 싶은 유저가 바로 소울이었다.

비록 PvP에서 패배해 감정은 좋지 않았지만 그의 인지도는 무시할 수 없었으며, 길드에도 분명 큰 전력이 될 터였다.

그렇기에 샤인에게 다시 접촉해 보라고 했었는데, 그사이 진월과 가까워졌을 줄이야.

정말 어디에서나 걸림돌이 되는 놈이었다.

＊　　　＊　　　＊

“사신의 크로스!”

촤아악!

악어의 몸통, 독수리의 머리와 날개를 가진 보스 몬스터의 얼굴에 십자 형태의 검상이 맺혔다.

"연사!"

슈슉! 슈슉!

그 뒤를 이어 은아의 화살들이 정확히 상처가 벌어진 곳을 노리며 파고들었다. 이럴 경우 추가적인 데미지를 더 입히게 된다.

"죽음의 운석!"

콰콰쾅!

마지막을 장식한 것은 다솜의 마법이었다. 하늘에서 소환된 사람보다 큰 검은 운석이 보스 몬스터의 머리를 파괴시켰다.

"후아. 죽을 뻔했다."

소울이 전리품들을 챙기며 안도하며 얘기했다.

셋이 모이니 몬스터를 잡는 속도는 빨라도 안전도에선 역시 문제가 있었다.

만약 진월이 함께라면 또 모르겠지만, 지금의 멤버로서는 소울 혼자서 탱커를 해야 되기에.

"그런데 다솜님은 정말 말씀이 없으시군요."

처음에는 부끄러움이 많거나 친하지 않아 거리를 둔다고 믿었다. 한데 두 번째 만나보니 원래 말이 없다는 사실을 알 수 있었다.

"잠시만 쉬었다가 해요."

자연스럽게 파티의 리더 역할을 맡고 있는 소울이 자리가 있는 사냥터란 표시를 하고 근처 안전한 곳으로 움직였다.

"소울님은 길드 가입 안 하세요?"

소모용 아이템으로 내구도를 수리하던 은아가 소울에게 물었다. 최근에 길드전 동영상을 보며 호기심이 생긴 그녀였다.

"그러고 보니 길드에 대해서는 아직 진지하게 고민한 적이 없군요."

제의는 수없이 왔었다. 현재도 마찬가지다. 지배자부터 황혼, 파괴, 각 거대 길드에서 유혹적인 혜택을 내걸기도 했었다.

하나 딱히 끌리는 곳이 없어서 거절만 반복할 뿐이었다.

"진월님도 길드는 관심없으신 건가. 진월님이 만드신다면 바로 길드원이 될 텐데."

"어머… 그러면 되겠다."

은아가 좋은 생각이라는 듯 맞장구쳤다.

그럴 경우 진월과 소울로 인해 길드는 자연적으로 주목을 받게 될 터였다.

"동감."

대화를 듣던 다솜 역시 찬성의 뜻을 비쳤다.

혼자 노는 게 편해진 그녀였지만 진월의 길드라면 가입할 마음이 있었다.

"그렇게 되면 즐겁겠네요. 진월님에게 물어봐야겠어요."

소울이 즐거운 상상을 하며 귓속말을 신청했다.

"음?"

미사의 탑 5층에 거의 도달한 진월은 소울의 귓속말로 인해 세이에게 곧 따라간다는 신호를 보낸 뒤 걸음을 멈췄다.

울트와의 관계로 인해 세이의 친분으로 소개하기로 얘기가 됐다.

[네, 소울님.]

[지금 은아님과 다솜님하고 같이 있어요.]

[다솜님도요?]

[네. 말씀은 없으시지만요.]

[하하. 저도 처음에 당황했었죠.]

다솜에 대한 얘기를 나누며 진월과 소울은 웃음을 터뜨렸다.

[지금 바쁘신가요?]

[미사의 탑에 와 있습니다. 트로우의 퀘스트를 해야 해서요.]

[트로우의 퀘스트요?]

소울의 살짝 높아진 목소리에 진월은 사정을 설명했다.

[그러시구나. 저는 계속 연계되지 않던데. 일정 레벨이 되면

스킬 퀘스트가 생기더군요.]

[아, 그래요?]

[준 히든 클래스와 히든 클래스의 차이이거나, 히든 클래스도 각기 다른 방식일 수 있겠죠.]

[그렇겠네요. 차원의 틈새는 워낙 다양한 시스템과 형식이 존재하니. 그런데 무슨 일이시죠?]

잠시 수다를 나눈 진월이 목적을 물었다.

[길드 얘기가 나와서요.]

[길드요?]

[네. 무슨 얘기를 나눴냐면요…….]

소울이 은아, 다솜과의 대화를 압축해 들려주자 진월은 잠시 고민에 잠겼다.

나쁘지 않은 제안이었다. 기존 세력에 들어가도 되지만, 자신들이 만들어가는 것도 괜찮을 듯했다.

더군다나 자신과 소울이 있었다.

유명세로 인해 타 길드들에 비해 빠른 속도로 성장할 수 있으며, 머지않아 거대 길드라 불릴 수도 있을 터다.

하지만 길드 마스터를 하라면 귀찮았다.

'잠깐. 내가 길드를 들어가면…….'

문득 긍정적으로 받아들이는 진월의 머릿속으로 한 장면이 스치고 지나갔다.

소울과 자신이 길드를 설립할 경우 분명 훈남도 길드원으로 가입을 할 테고, 대한과 달래도 마찬가지였다.

즉, 그 셋이 길드 마크를 단 채 그 짓을 하고 다닌다!

[일단 신중히 얘기를 나눠볼 문제이군요. 시간을 두고 생각해 보겠습니다.]

셋을 떠올리자마자 격하게 조심스러워진 진월!

[알겠습니다. 퀘스트 힘내세요!]

[하하. 감사합니다. 다음에 귓속말 드리겠습니다.]

귓속말을 종료한 진월은 셋이 재차 떠오르자 고개를 저으며 아래로 내려갔다.

“우와, 진월이다.”

“진짜 진월이네? 이제 우리 길드원이 되는 건가?”

“그건 아니래. 세이님과 친분이 있는데 트로우의 퀘스트를 하신다던데?”

“켁! 트로우 퀘스트? 고생하시겠네.”

진월이 등장하자 이미 언질을 받고 기다리던 황혼의 길드원들이 웅성거렸다.

코앞에서 보는 게 신기하기도 했으며, 길드방에서 함께 사냥을 하려니 왠지 가까워진 기분도 들었던 것이다.

“모두 반갑습니다.”

자리를 내준 것은 세이이지만, 진월은 예의를 갖추며 먼저 인사를 건넸다.

그러자 길드원들 역시 한 명씩 돌아가며 짧게 자신들을 소개했고, 세이가 진월의 자리를 안내해 줬다.

"이곳에서 하면 되십니다. 그러면 저는 이만 가보겠습니다."

"네. 감사합니다, 세이님."

왼쪽 구석에서 두 번째 자리를 잡은 진월은 인사를 하고 돌아서는 세이에게 고마움을 표시했다.

스스슥!

그와 함께 눈앞에 브로우가 리젠됐다.

"잠을 안 자는 것 같지?"

"아무래도. 하루에 세 시간 정도도 안 비우는 듯해."

"세 시간이면 현실의 한 시간 아냐?"

"길드원들이 돌아가며 계속 확인하는데… 밥만 먹는 듯한데?"

진월이 브로우를 잡기 시작한 지 어느덧 1주일이 흘렀다.

황혼의 길드원들은 그런 진월에게 경악을 금치 못했다.

물론 1주일이라고 해봐야 현실 시간으로 이틀 정도이니 잠은 안 잘 수 있겠지만 정말 놀라운 집중력이었다.

현실의 한 시간이면 식사와 화장실을 왔다 갔다 하는 시간 빼고는 오로지 차원의 틈새만 한다는 뜻이었다.

그뿐 아니라 딴짓도, 쉬지도 않으며 브로우에만 전념하고 있었다.

보통의 사람들이라면 지겨워서라도 잠시 다른 걸 하기도 하는데 말이다.

만약 말을 걸어도 제때 대답하지 않는다면 불법 메크로라고 오해를 했을지도 모를 정도였다.

'350마리.'

막 브로우를 죽인 진월은 알림을 확인하며 속으로 한숨을 내쉬었다.

이렇게 열심히 했는데도 이제 350마리였다. 가능하면 2주 안에 마치고 싶었는데 3주까지는 가야 할 듯했다.

우오오!

그때 새로이 리젠된 브로우가 울리는 듯한 목소리를 토해 냈다.

브로우는 사람만 한 크기의 반투명한 골렘의 모습이었는데, 평타 공격은 느리지만 강력한 마법 데미지를 갖추고 있었다.

"일격!"

진월은 브로우가 리젠되자마자 자신을 인지하기도 전에 뒤로 파고들어 스킬을 시전했다.

콰지직!

일격이 브로우의 복부에 데미지를 입혔다.

브로우의 경우는 치명타가 없는 희귀한 몬스터로, 뒤에서 노리는 게 그나마 효율적이었다. 크리티컬의 확률도 높이고 말이다.

"폭!"

불꽃처럼 타오르는 기운이 쉬지 않고 브로우를 덮쳤다.

지이잉!

허공에서 둥근 거울이 생기더니 빛이 번쩍했다.

'피곤하군.'

진월은 눈살을 찌푸렸다. 브로우의 짜증나는 점 중 하나였
다.

스킬을 무효화시키며, 잠시 동안 사용할 수 없게 만드는 능
력이 있었다.

만약 황혼의 길드원들처럼 트로우의 퀘스트 진행 중이 아
니라면 데미지도 훌륭하고 옵션도 있는 지배자의 단검으로
빠른 사냥이 가능하지만, 자신의 무기는 퀘스트 단검이기에
여간 시간을 잡아먹는 게 아니었다.

챙강! 카앙!

진월은 브로우가 자신과 마주 서면 그의 뒤로 움직이며 빠
르게 단검을 움직였다.

그렇게 시간은 빠르게 흘러갔다.

"피로도 좀 채우시면서 하세요."

"네? 그래야죠."

"이거 좀 드실래요?"

바로 옆에서 자리를 잡고 사냥하는 피리이가 고가의 피로 회복제인 슈프의 훈제를 내밀었다.

부드러우면서 입에서 살살 녹는 맛이 환상적이었고, 평소 간편한 음료를 비롯해 싸구려들로 회복하던 진월은 슈프의 훈제를 먹을 수 있는 기회를 놓칠 수 없었다.

"고마워요. 부탁드립니다."

진월이 브로우에게 시선을 떼지 않으며 말하자 피리이는 고개를 끄덕였다.

처음 진월이 부탁했을 때는 놀라운 집념에 당황스럽기도 하고 웃음도 나왔지만 이제는 익숙해진 일이었다.

"하압!"

진월이 브로우의 공격을 피하며 역공을 했다. 피리이는 그에 맞춰 움직이며 진월이 잠시 멈출 때마다 육포를 입에 넣어 줬다.

잠시도 쉬지 않고 브로우를 잡는 진월이었다.

"이제 끝이 왔구나."

캡슐에서 빠져나온 진원은 피곤함을 떨쳐 내기 위해 침대에 잠시 누웠다.

현재까지 잡은 브로우는 총 980마리였다. 이제 조금만 더 해서 1,000을 채우면 트로우가 리젠된다.

'설마 막타를 뺏진 않겠지?'

트로우의 경우는 황혼의 길드원들과 함께 잡아도 퀘스트에 지장이 없었다.

단, 트로우의 심장은 막타를 치는 유저에게만 주어지기에 특별히 조심해야 했다.

물론 근 3주 동안 함께하며 친해진 황혼의 길드원들이 그럴 리는 없겠지만.

"거실이 왜 이렇게 시끄러워?"

현재 시간은 새벽 두 시였다.

미래와 미진은 잠을 자고 있을 테고, 훈남이 깨어 있어도 이 시간에 거실로 나와 있을 리가 없었다.

방 안에 TV와 컴퓨터가 다 있기 때문에.

'아버님이신가?'

결국 진월은 고픈 배도 채우고 궁금증도 해결할 겸 자리에서 일어섰다.

누군가 수다를 떨고 있는데, 정훈인지 TV에서 들리는 대화인지 알 수 없었다.

"오! 진원아, 이리 와서 같이 한잔할래?"

"아니요, 아버님."

진원은 웃으면서 손을 저었다.

친구의 아버님과 어찌 술자리를 함께하겠는가. 더군다나 친구 분도 옆에 함께 계시는데.

"아버님? 너 아들이 두 명이었냐?"

그때 곁에 있던 체격이 좋은 남자가 의아해하며 물어왔다.

"아니. 아들 친구야. 내 친구의 아들이기도 하고. 지금 같이 살고 있지. 진원아, 인사드려. 나의 오랜 친구다."

"아, 그렇구나. 안녕하세요. 진원이라고 합니다."

진원이 고개를 숙이며 인사를 건네자, 상대편 남자도 일어나 돌아봤다.

"반갑구만. 나는 강할래라고 하네."

"네. 처음 뵙겠어요."

진원이 고개를 들며 그의 내밀어진 손을 잡았다. 그리고 서로가 마주 볼 때였다.

흠칫!

진원은 물론 강할래마저 두 눈을 크게 뜨더니 한 발짝 뒤로 물러섰다.

'설마……'

진원은 자신의 두 눈을 의심했다.

왠지 낯익은 이름이다, 라고 생각했는데, 차원의 틈새에서 만난 중년인이 그대로 재현되어 있었다.

그것은 강할래도 마찬가지였다. 진원은 눈동자 색을 제외하고는 현실의 모습 그대로이기에!

“그림자 여우……?”

“강풍도……?”

“…….”

나름 인연이었다.

                    *   *   *

‘그 사람이 아버님의 친구셨다니.’

접속을 한 진월은 실소를 흘렸다.

‘성격은 똑같으시군.’

강할래는 서로의 정체를 알게 되자마자 현실에서 복수를
하겠다고 한판 붙자며 웃옷까지 벗었다.

“식사하시고 오셨나 봐요. 이제 얼마 안 남으셨죠?”

“네. 20마리 정도 남았네요.”

“그렇구나. 고생하셨어요!”

피리이가 자신의 일처럼 기뻐하더니 잠시 5층을 벗어나 누
군가에게 귓속말을 신청했다.

[지금 접속하셨어요.]

[그래? 끝나간대?]

[네. 20마리 남았대요.]

[알겠다. 지금 출발하도록 하지.]

귓속말을 마친 피이리는 머리를 긁적였다. 그가 무슨 목적으로 오는지 모르기 때문이다.

'뭐, 나와는 상관없으니.'

고민을 해봐야 답이 나오는 것도 아니기에 피리이는 어깨를 으쓱하며 5층으로 내려갔다.

번쩌어억!

"1,000!"

번쩌억!

진월의 외침과 함께 5층의 중앙에서 커다란 원형의 빛이 형성됐다.

"이야. 내가 트로우를 눈앞에서 보게 될 줄이야!"

"그러게. 영상으로밖에 못 봤었는데."

"내가 해낸 것처럼 떨리는걸?"

"진월님! 저희가 도와드리겠습니다!"

빛이 점점 골렘의 형태를 갖추자 황혼의 길드원들이 시끌벅적해졌다.

그만큼 트로우를 보는 것은 로또라 불릴 만큼 드문 일이었다.

우오오오!

금빛으로 번쩍이는 트로우가 형체를 갖추더니 크게 고함을 내질렀다. 스킬은 브로우와 다를 바 없었지만 위력이 남달랐다.

특히 스킬 봉인은 시간이 5분이나 지속되고 쿨 타임도 짧
았다. 그로 인해 평타로 죽여야 했다.

"잘 부탁드립니다!"

진월이 크게 외치며 선두에서 달렸다.

그 뒤를 이어 함께 사냥을 하던 열 명이 하나되어 트로우를
공격하기 시작했다.

"4선!"

챙강! 챙강! 챙강! 챙강!

마치 벽을 치는 듯한 소리와 함께 트로우의 배 가운데서 새
하얀 기운이 모여들었다.

"제가 맞습니다!"

길드원 중 체질 계열인 한 유저가 실드 스킬을 시전하며 트
로우의 기운에 일부러 부딪쳤다.

트로우의 스킬은 피할 수가 없어 어떤 유저든 한 명은 꼭
적중당하기 때문이었다.

하나 워낙 데미지가 높다 보니 체질 캐릭이라 해도 생명이
절반 이하로 떨어졌고, 그는 잠시 뒤로 빠져 포션으로 생명을
회복했다.

"더럽게 안 죽네!"

"저놈 생명이 10만이잖아."

"그뿐이냐? 방어력도 높아!"

"스킬만 쓸 수 있어도 금방인데."

길드원들이 투덜거렸다. 하나 가랑비에 옷 젖는다고 트로우의 생명은 점점 빠지기 시작했고, 어느덧 500에 이르렀다.

"자, 물러서자!"

길드원 중 가장 직급이 높은 한 유저가 외치자 진월을 제외한 모두는 뒤로 빠졌다.

300 정도면 진월이 퀘스트 단검이라 할지라도 금세 처치할 수 있고, 혹시나 막타를 치지 않기 위함이었다.

"모두 고마웠습니다."

진월은 큰 목소리로 도움에 보답하며 팔을 뒤로 뺐다. 봉인이 풀렸기에 일격으로 끝장내려는 것이었다.

'3주나 걸렸어.'

지긋지긋했던 노가다의 시간이 머릿속에서 스쳐 지나갔다. 곧 만나게 될 서베의 모습도 보였다.

"심장은 잘 쓰마! 일……."

쉐에엑!

"일격!"

최후의 일격을 날리려던 진월이 다급히 왼팔을 뻗으며 급히 일격을 시전했다.

누구인지 모른다. 무엇인지도 모른다. 한데 빠른 속도로 뭔가가 막타를 노리며 날아들었다.

그렇기에 본능적으로 왼팔을 희생시켜서라도 심장을 빼앗

기지 않기 위해 취한 행동이다.

하나 붉은 회오리에 감긴 빛은 진월의 왼팔이나, 오른손의 일격이 닿기도 전에 트로우의 머리를 관통했다.

퍼서어억!

꾸오오오!

진월은 이를 잘근 깨물었다.

트로우가 눈앞에서 마지막 비명과 함께 산산이 부서지며 가루가 되어 흩어졌다.

그리고 트로우의 심장은 자신에게 주어지지 않았다.

"애란!"

분노에 얼굴이 붉어진 진월은 애란을 소환하며 고개를 돌렸다.

이 와중에도 떨어진 아이템들과 라르크를 챙기게 하는 정신!

"너 이 새끼, 누구야!"

진월이 훈남을 제외하고는 잘 쓰지 않는 욕까지 하며 흥분했다.

3주였다. 오로지 브로우만 잡으며 보낸 3주이다. 그 노력과 고생이 한순간에 날아가 버리니 화가 나지 않을 수 없었다.

"크큭!"

통로에서 활을 들고 선 채 진월을 바라보던 한 남자가 웃음을 터뜨렸다.

갈색 웨이브 머리에 날렵하게 생긴 얼굴에서 차가운 이미지가 느껴졌다.

뿌드득!

진월은 이를 갈며 회피와 함께 그에게 쇄도해 들어갔다.

방금 전 스킬은 분명 아처의 것이었다. 이곳 길원들 중에는 아처가 존재하지 않았고, 당연히 놈이 범인이었다.

"바이바이."

남자가 약 올리며 빠르게 달아나기 시작하자 진월은 그 어느 때보다 빠른 속도로 추격했다.

파아아앗!

남자는 미사의 탑 바로 북쪽에 위치한 숲으로 들어갔다. 그곳은 몬스터들이 나오지 않는 곳이었기에 유저들이 존재하지 않았다.

'도대체 누구지?

일정 간격을 유지하며 따라가던 진월의 머릿속이 복잡해졌다.

분명 처음 보는 놈이었다. 어떻게든 인연이 닿았다면 기억할 텐데 전혀 모르는 얼굴이었다.

'누가 시킨 건가.'

립스가 스치고 지나갔다. 자신이 이곳에 있다는 사실을 알고 있는 이들은 립스와 황혼의 길드원들뿐이었다.

한데 립스에게 그럴 이유는 없었다. 그녀는 자신과 가까워지려 노력하는 중이었다.

'길드원들이 말해서 외부에 알려졌을 수도 있다. 잠깐.'

문득 진월은 이상함을 느꼈다. 따라잡을 수 있을 듯한 일정한 거리가 좁혀지지 않았다.

그렇다는 것은 일부러 속도를 유지하고 있다는 뜻이다.

터억!

"이제 놀이는 끝이다."

남자가 제자리에서 멈추더니 신형을 돌렸다. 그와 함께 옆 수풀에서 누군가가 뛰쳐나왔다.

"신의 분노!"

"일격!"

콰아앙!

허공에서 진월의 단검과 한 남자의 검이 맞부딪쳤다.

"오랜만이군."

"역시… 네놈이었구나."

진월은 타오르는 눈빛으로 울트를 노려봤다.

"꼭 이렇게 했어야 했나?"

울트가 떨어져 남자의 곁에 서자 진월은 이를 갈았다.

"설마 내가 너를 배려하며 뭔가를 할 거라곤 생각하지 않지?"

“하긴, 그렇군.”

진월은 쓴웃음을 흘렸다.

분하고 당장에라도 죽이고 싶지만 일단은 냉정을 찾아야 했다.

트로우의 심장은 이제 찾을 수 없었고, 범인이 누군지도 알았다.

더구나 2:1의 상황이었다.

감정대로 했다가는 저들을 더 즐겁게 해주는 것밖에 되지 않는다.

“이번에는 내가 한 방 제대로 먹었다.”

진월은 말을 꺼내며 한 발을 뒤로 뺐다.

분명 울트와 저 남자는 자신을 곱게 보내주려 하지 않을 테고, 귀환 주문서를 찢어봤자 도중에 공격을 당하면 캔슬된다.

그렇기에 지금은 달아나는 수밖에 없다.

“어딜 도망가려고? 추적!”

샤샤샥!

그런 진월의 의도를 눈치챈 남자가 스킬을 시전했다. 목표물을 끝까지 따라다니며 위치를 알려주는 추적이었다.

‘제기랄.’

진월은 어쩔 수 없이 등을 돌린 채 뛰기 시작했다.

“나를 벗어날 수 없을 텐데?”

‘빠르다.’

진월의 미간이 찌푸려졌다. 뒤에서 쫓아오는 기척이 조금
씩 거리가 좁혀지고 있었다.

'입구 근처까지만. 제발.'

이를 꽉 깨문 채 몸을 채찍질했다. 그 역시 무언가 노리는
게 있었다.

"바람의 속사!"

슈우우욱! 피잇! 푹!

"크윽!"

진월의 신형이 휘청거렸다. 노란 빛깔의 화살 하나가 볼을
스쳤고, 다른 화살은 허벅지에 박혔다.

그럼에도 속도를 늦추지 않으며 달렸다. 미사의 탑이 멀지
않았다. 이제 조금만 더 버티면 된다.

"못 따돌린다니까."

"과연 그렇군. 물의 파편!"

"다연발!"

퍼퍼퍼펑!

어느덧 옆에서 나란히 달리는 남자에게 스턴을 노린 진월.
하지만 그는 당황하지 않으며 곧바로 대응했다.

그뿐 아니라 진월의 도착지점을 예상하며 스킬을 시전하
기도 했다.

쿠우웅! 데구루루!

바로 앞 지면이 폭발을 일으키자 진월은 바닥을 뒹굴었다.

‘판단이 좋은 놈이야.’

어느덧 입구가 시야에 들어오는 거리. 진월은 체념한 듯 짧게 숨을 내쉬며 말문을 열었다.

“너, 누구냐?”

“히든 클래스. 바람의 저격수 리얼.”

진월의 눈동자가 살짝 커졌다.

“울트와 친분이 있나 보군.”

“너 눈치가 빠른데?”

“그렇지 않고서야 나와 악감정이 없는데 단지 부 마스터의 명이라고 이런 짓을 할까? 아니, 어색한 관계라면 너에게 부탁을 하지도 않았겠지. 가까워지기에는 시간이 너무 짧고. 기존부터 알던 사이라는 답이 나오는군.”

“정답이야. 이제 죽어줄래?”

내려다보던 리얼이 활시위를 잡아당겼다. 그러자 진월은 고개를 저으며 답했다.

“아니, 죽는 건 너야.”

그와 함께 낯익은 목소리가 진월의 귀에 들려왔다.

“사신의 크로스!”

소울의 등장이었다.

Chapter 8
죽음의 계곡

Shadow
Fox

"어, 어떻게!"

다급히 몸을 틀어 팔에 검상을 입은 리얼이 두 눈을 부릅떴
다.

"진월님, 괜찮으십니까?"

소울이 리얼의 뒤를 막으며 걱정을 담은 목소리로 물었다.

"네. 걱정하지 마세요."

진월은 절뚝거리며 일어섰다.

'타이밍이 잘 맞아떨어졌다.'

트로우를 잡고 있을 때 소울에게서 귓속말이 왔다. 퀘스트
로 인해 근처에 왔으니 잠시 얼굴이나 보자는 것이다.

리얼이 쫓기 시작할 때 도착했다는 귓속말이 왔고, 진월은 지금의 상황을 간단히 설명하며 북쪽 숲 입구 풀숲에서 대기해 달라고 부탁했다.

조금이라도 빨리 만나기 위해 와달라 할 수도 있었지만 진월 역시 노리는 부분이 있었다.

리얼과 자신은 울트보다 이동 속도가 빨랐다.

그렇기에 달리면 달릴수록 울트는 더 많은 거리가 뒤처질 테고, 역으로 2:1 상황을 만들어낼 수 있었다.

샤샤삭!

진월과 소울이 리얼의 도주로를 차단하고 거리를 좁히던 때였다.

갑자기 옆 수풀이 흔들리기 시작하더니 기척이 느껴졌다. 진월은 인상을 일그러뜨렸다. 울트가 벌써 도착했을 줄이야.

일부러 옆에서 온 게 의아했지만 지금은 울트 외에는 생각할 수 없었다.

파아앗!

숲에서 누군가 뛰쳐나왔다. 진월은 기습적으로 일격을 시전했다.

"감히 나의 친구 아들 친구를!"

"일격… 컥!"

"흐어억!"

"괘, 괜찮으십니까?"

미처 회수하지 못한 일격은 그의 어깨에 꽂혔다. 갑자기 나타난 유저의 정체는 울트가 아닌 강할래였다.

"오냐. 이렇게 기습을 한단 말이지! 너를 도와주기 위해 온 나에게! 사나이 강할래, 아무리 친구 아들의 친구라 해도 널 살려두지 못하겠다!"

한 대 맞았다고 완전히 토라진 강할래!

"지금 다툴 때가 아닙……."

"진월님! 으윽!"

"소울님, 울트!"

강할래에게서 시선을 떼려는 찰나, 소울의 신음과 함께 진월은 다급히 비틀거리는 그를 부축했다.

강할래로 인한 잠시의 소동 동안 울트가 도착했고 오히려 앞뒤에서 소울이 공격을 당한 것이다.

"오늘은 그만 가도록 하지."

울트는 상황을 빠르게 판단하며 이속증가 포션을 꺼내 마시더니 후퇴하기 시작했다.

소울과 진월이기에 2:2도 자신이 없는데, 3:2의 상황이 되어버렸다. 지는 싸움은 할 필요가 없었다.

"왜… 오셨습니까?"

진월이 짜증이 서린 눈으로 강할래를 노려봤다. 그가 나타나면서 모든 일이 망쳤다!

"네가 쫓기고 있기에 친히 와주셨지!"

미사의 탑을 찾은 강할래는 자리가 없자 결국 이곳 숲으로 들어왔다. 그리고 몬스터를 찾아 헤매는데 진월의 위기를 발견했다.

처음에는 활 쏘는 놈을 도와 예전 PvP 때의 패배를 갚아줄까도 살짝! 고민했지만, 정훈과의 의리를 생각해 돕기로 결심했다.

한데 일격으로 기습을 하는 것도 모자라 이제는 승질까지 낸다!

정말 마음 같아서는 두들겨 패고 싶은데 싸워봐야 지니 참을 수밖에.

"네. 알겠습니다."

진월은 긴 한숨과 함께 욱했던 마음을 가라앉혔다.

선의로 도움을 주려 한 것이었고, 어차피 이속증가 포션이 있었기에 부상은 입혀도 죽이지 못했을 것이다.

"도대체 어떻게 된 일이에요?"

상황이 마무리되자 소울이 물었다. 그러자 진월은 울트와의 관계, 심장을 도둑맞은 일 등을 설명해 줬다.

"뭐, 그런 놈들이… 퀘스트는?"

"다시 해야죠."

진월이 힘없이 얘기하자 소울은 이를 바득 갈았다.

진월이기에 3주밖에 안 걸린 것이다. 독종, 폐인이라 불리는 유저들도 빨라도 한 달이었다.

"안타깝군요. 한 남자의 노력과 희생을 이렇게 무참히 짓밟아버리다니. 정말… 정의의 주먹이 웁니다!"

"……."

이 와중에도 오글거리게 만드는 능력!

"그런데 저분과 아십니까?"

"둘이 아세요?"

소울이 강할래를 알아보자 진월이 되물었다. 이렇게 또 인연이 닿았단 말인가.

"전에 저한테 도전을 하셨습니다."

"아주 티끌 차이로, 아슬아슬하게 졌지. 만약 그때 나의 컨디션이 그토록 나쁘지만 않았더라도 저놈 따위는……."

눈을 감은 채 강할래가 회상하자, 진월과 소울은 가늘어진 눈으로 그를 쳐다보다 말없이 귀환 주문서를 찢었다.

노망에는 무시가 최고였다.

"어떻게 된 일인지 알고 싶습니다."

"안 그래도 얘기를 전해 들었어요. 저도 깜짝 놀랐어요."

진월은 립스와 마주하고 있었다.

그녀가 관계없을 것이라 판단하지만 직접 만나서 대화를 나눈 뒤, 확신하고 싶었다.

"그들은 정확한 시간에 노렸습니다."

길드원들이 다른 유저에게 말해 진월이 트로우의 퀘스트

를 한다는 사실은 알려질 수 있었다. 하지만 내부 사정을 모른다면 이럴 수 없었다.

"마지막으로 묻겠습니다. 정말 이번 일과 관계가 없습니까?"

"네."

립스는 진심을 담아 진월을 쳐다봤다.

"그렇다면 그들 중에 지배자가 있다는 거군요."

만약 립스가 동정심을 위해 눈물을 흘렸다면 진월은 믿지 않았을 것이다.

하면 답은 하나였다. 아무리 동맹 관계의 길드라 할지라도 첩자를 심는 경우가 허다하다.

특히 지배자와 황혼처럼 거대 길드라면 더욱 그러했다.

"파헤쳐 보겠어요."

립스는 동의하며 고개를 끄덕였다.

'이번 소란은 나에게 이득이군.'

그러면서 속으로는 상황을 즐겼다.

진월은 자신을 의심하지 않고, 그의 퀘스트가 수포로 돌아간 것은 관심없었으며, 첩자를 한 명 색출할 기회가 생겼다.

물론 그 외에도 여럿이 잠입해 있겠지만 말이다. 지배자의 길원으로 활동하는 황혼처럼.

"알겠습니다. 전 이만 가보겠습니다."

"네. 들어가세요. 퀘스트는… 어떻게 해요? 하여튼 저희 길드방에서 그런 일이 생겨 너무 죄송해요."

"아닙니다. 노린 걸 어찌하겠어요. 퀘스트는 계속할 생각입니다."

처음에는 하지 않는다 말하려다가 진월은 솔직하게 말했다.

트로우의 퀘스트는 필수가 아닌 이상 그 누구라도 하지 않는다. 그렇기에 거짓말을 한다면 립스는 자신을 경계한다고 느낄 터였다.

곧 진월은 다른 지역의 브로우들을 찾아 떠났다.

"드디어……."

한 달이라는 시간이 지났다.

진월은 울컥 올라오는 눈물을 머금으며 손에 쥔 트로우의 심장을 바라봤다.

이놈의 심장 하나를 얻기 위해 근 두 달에 가까운 시간을 노가다만 했다.

혹시나 또 같은 일이 벌어질까 봐 정체도 숨기고, 자주 위치도 변동하면서 말이다.

물론 그 시간 동안 적지 않은 레벨 업도 하게 됐지만, 트로우의 퀘스트 특성상 투자한 노력만큼 올리지 못했다.

더군다나 자신한테는 경험치 거머리 애란도 있었다!

"정보."

Status

생명:13,200　　마나:10,050　　체력:43

이름:진월　　　레벨:109　　근력:558　　체질:405　　민첩:1,088
명성:1,120　　성향:어둠　　지식:316　　재치:384　　정신:378
직업:그림자 여우　　　　　행운:288　　예술:286　　상술:287
칭호:여우 그림자　　　　　소드:433　　오감:401　　친화:236
　　　　　　　　　　　　　여우:143　　집중:47

스텟 포인트:0

장비 효과:공격력+155~175　　　방어력+90~115　　　저항력+55~70
　　　　명중률 5%, 크리티컬 5%, 체질 3% 상승.

추가 효과:크리티컬 확률 5%, 명중률 5%, 공격 속도 20% , 근력 10% 상승.

직업 효과:어둠이 지배하는 시간, 공간 전체 스텟 10%, 크리티컬 5% 상승.

집중:풍파 속에서도 흔들리지 않는 집중력! 크리티컬 확률이 증가합니다.

Skill

[패시브 스킬]

그림자(초급:95%)
어쌔신의 장점을 극대화시켜 바람보다 빠르고 그림자처럼 은밀하게
적을 기습합니다.
비열하고 치사하게 공격할수록 효과가 커지며 융화가 빨라집니다.
이동 속도, 회피율, 크리티컬, 공격 속도 상승!

맷집(중급:35%)

맞고, 맞고, 또 맞다 보니 불굴의 체질을 습득하셨습니다.

체질이 상승하고 방어력, 생명 회복 속도가 상승합니다.

고통에서 쾌락을 느낄 수도 있습니다.

식모(중급:13%)

주방에서 쌓인 설움과 한숨이 빛을 발합니다.

요리와 설거지, 청소, 바느질, 각종 다양한 잡일에 능숙하게 됩니다.

손재주가 상승하며, 경지에 이를 경우 왕궁 가정부로도 취업이 가능

합니다.

잠재력(초급:82%)

지독한 수련과 노력 끝에 감춰진 잠재력을 일깨웠습니다.

전체 능력이 상승하고 주 무기인 단검을 장착할 시 추가 데미지를

입힙니다.

생명력이 30% 이하일 시, 일정 확률로 어떤 공격도 회피할 수 있는

무적이 2초간 발동됩니다.

면역(초급:61%)

극한의 추잡함 속에서 단련된 비위!

되새김질에 능숙해지며 소들의 질투를 받게 됩니다.

각종 저주와 독의 면역력이 상승합니다.

생사(초급:43%)

수없이 죽다가 살아난 당신!

생과 사의 경계선에서 위기 대처 능력을 터득했습니다.

생명력이 30% 이하일 시 공격력과 공격 속도가 증가합니다.

[엑티브 스킬]

일격(Lv10:5%)

기운을 한곳에 모아 순간 파괴력을 상승시킵니다.

일정 확률로 출혈 효과를 일으키며, 출혈에 걸릴 시 9초간 생명 저하. 추뎀 700. 소모 마나 900.

회피(Lv8:65%)

적의 기척을 감지하며 육체가 먼저 반응합니다.

회피율과 이동 속도가 일순간 상승하고 시야가 넓어집니다. 초당 소모 마나 25.

여우곡(Lv6:83%)

기운을 실어 여우의 울음을 토해냅니다.

울음을 들은 아군은 공격력, 공격 속도가 10% 상승하며, 적군은 방어력, 마법 저항력이 10% 하락합니다. 지속 시간 20분, 소모 마나 800.

패시브 스킬들은 숙련도가, 엑티브 스킬들은 레벨이 상승했으며 이제는 6선이 가능해졌다. 또한 레벨 109 근접 계열의 마나가 10,000을 넘어섰으며 새로운 스텟 집중도 형성됐다.

"정보!"

어깨에 올라타서 바둥바둥 놀고 있는 애란을 힐끔거린 진월이 짜증을 담아 외쳤다.

경험치를 쪽쪽 빨아주신 애란의 레벨은 어느덧 34였다.

문제는 그럼에도 쓸모가 없었다! 업을 하며 변화가 생긴 부분은 변신 몇 개를 더 할 수 있게 된 것뿐!

"서방님! 배고픕니다!"

"……."

거기다 훈남만큼 많이 먹는 더러운 식욕!

'그래. 내 팔자다.'

아직도 혼인식 날을 떠올리면 이가 갈려 잠을 못 자지만, 이제는 미운 정이 돈독히 들어 떨어질 수 없을 듯했다.

"가자, 부인!"

"네, 서방님!"

진월은 애란의 손을 잡고 서베에게로 향했다.

"드디어 구해왔구만! 기다리다가 욕할 뻔했네?"

'참아주셔서 참 고맙군요?'

탁자에 라르크를 꺼내놓으며 앉은 진월은, 애틋한 눈길로 트로우의 심장을 바라보다 서베한테 건넸다.

"바로 이 상자라네."

서베는 흡족한 표정으로 심장을 받아들어 탁자 중앙에 상자를 소환했다.

"그러면 열어볼까?"

"네! 부탁드립니다!"

진월은 기대심에 찬 눈빛으로 고개를 끄덕였다. 이제야 카인의 흔적이 머무는 곳에 갈 수 있게 된 것이다.

"알겠네!"

퍼석!

"……."

서베의 외침과 함께 상자가 열렸다. 진월은 가늘어진 눈으로 그를 노려봤다.

분명 결계가 쳐져 있어서 트로우의 심장이 꼭 필요하다고 했다. 한데 주먹으로 톡 치니 낡은 상자는 너무나 쉽게 부서졌다.

한마디로 낚인 것!

'이 영감탱이, 정말!'

진월은 이가 바득바득 갈렸다.

자신은 서베를 만날 때마다 아낌없이 베푼다. 그가 말하기 전에 라르크를 꺼내는 센스도 잊지 않았다. 그래서 서베도 자신을 그토록 반겼으며, 뒤치다꺼리 해준 것도 한두 가지가 아니다!

그런 자신을 사기까지 쳐가며 부려먹다니!

꼭 필요하다 해서 두 달이나 노가다를 했는데!

'선량한 내가 참아야지. 참자!'

마음 같아서는 욱하며 따지고 싶었지만, 어차피 해야 될 일이었다.

더불어 심기를 건드렸다가는 자신만 손해라는 사실을 지난번에 처절하게 깨닫지 않았던가!

"자, 여기 있네!"

서베가 노란색 양피지로 된 이동 주문서를 건넸다. 그곳에는 계곡이라는 단어가 적혀 있었다. 표시를 해둔 것 같았다.

"감사합니다! 그러면 저는 이만 가보겠습니다!"

빼앗듯이 주문서를 낚아챈 진월은 혹시나 서베가 무언가를 또 요구하기 전에 서둘러 주문서를 찢었다.

스파아앗!

"여기구나."

진월은 기대심에 들뜬 채 주위를 쳐다봤다.

죽음의 계곡은 한 번도 온 적이 없지만 다른 유저들의 플레이 영상을 통해 간접 경험할 수 있었다.

그런 죽음의 계곡은 아름다움이란 눈을 씻고 찾아봐도 없었고 멸망, 파괴라는 단어들을 떠올리게 해줬었다.

'와보고 싶었던 곳이기도 했지.'

죽음의 계곡은 빛이 들어오지 않는 사냥터였으며, 고가의 아이템이 자주 드랍된다. 물론 그만큼 몬스터들의 레벨도 높았고 위험이 따랐다.

"영상만큼 어둡지는 않구나."

진월은 환하게 웃으며 의외라는 듯 중얼거렸다.

"하하. 가게도 있……."

죽음의 계곡이라 할지라도 전체가 으스스한 분위기가 아니라고 판단하던 진월이 돌처럼 굳어버렸다.

그의 시선이 머문 곳은 여자 NPC들이 호객을 하고 있는 화려한 가게였는데, 이름이 계곡 안마방이었다.

"이 영감탱이! 다시는 엮이지 않으리!"

일주일 뒤, 진정 죽음의 계곡에 도착한 진월은 다짐하듯 소리쳤다.

사태를 파악하고 돌아갔더니, 미안해하며 또 요구하는 천부적인 배려심! 그래서 피오롤의 각질을 구하기 위해 일주일이나 더 고생했다.

그사이 틈틈이 샤랄라를 만나 방송 분량도 촬영했다.

"이번에는 정말 죽음의 계곡이다."

어둠이 가라앉은, 생명체라곤 살 수 없을 법한 죽음의 숲.

그리고 내리치는 천둥. 영상에서 봤던 그 이미지였다.

"이곳으로 가야 하는 건가."

진월은 자신이 이동된 절벽 끝 부분에 나타난 빛의 다리를 보며 아쉬움을 느꼈다.

이동 주문서를 찢으면 지옥의 계곡 퀘스트는 끝이 나고 새로운 연계가 나타나리라 추측했다.

한데 아무런 반응이 없었다. 즉, 아직 퀘스트 장소에 도착하지 않았다는 뜻이었다.

'하긴 C++급이었으니.'

C급에서도 최고의 난이도인 퀘스트였다.

비록 두 달이란 시간이 걸렸다 할지라도 울트의 방해가 아니었으면 한 달로 좁힐 수도 있었다.

자신의 레벨과 능력, 노력을 감안해도 쉬운 감이 없지 않았다.

곧 진월은 검은빛으로 이뤄진 계단을 딛고 끝없는 아래로 내려가기 시작했다.

타아악! 지이잉!

대략 30분 정도 계단을 타고 내려왔을 때 지면이 보여 진월은 뛰어내렸다.

그러자 어둠밖에 없던 공간이 일그러지더니 넓은 숲이 나타났다. 결계에 가려져 유저들을 찾을 수 없던 곳이었다.

‘어렵지는 않겠지.’

진월은 애란을 소환하며 주위의 기척을 감지했다.

곳곳에서 몬스터들이 느껴졌다. 죽음의 계곡이기에 분명 레벨도 높고 일대일도 쉽지 않을 것이다.

이곳의 몬스터들은 전부 특수이기에 동 레벨의 다른 몬스터들보다 더욱 강력했다.

하지만 모든 몬스터를 죽이는 퀘스트가 아닌, 목표지점에 도착하기만 하면 된다.

더불어 포션도 가득 챙겨왔고 말이다.

“대략 하루 정도.”

진월은 멀리서 나타났다 사라지기를 반복하는 빛의 기둥을 바라봤다.

도착 지점인 듯 보이는 그곳은 거리상 하루 정도가 될 듯했다. 물론 몬스터들의 방해까지 계산한다면 2~3일은 걸릴 수 있었다.

스스슥!

‘왔다. 애란……’

그때 몬스터들이 다가온 것을 느끼며 진월은 애란을 향해 말문을 열려다 닫았다.

레벨은 올랐다 하지만 여전히 전투 능력이 극히 떨어지는 그녀인지라 뒤로 물러서라 하려 했었다.

그러나 진월과 함께 산전수전 다 겪으며 촉이 좋아진 애란은 이미 위기를 감지하고 계단을 타고 위로 대피하고 있었다.

자신의 서방은 그 어떤 위기도 극복하리라 믿는 내조!

'그래. 너란 아내는 그따위였지.'

진월은 안전거리에서 시끄럽게 응원하는 애란한테 실소를 흘리며 집중력을 끌어올렸다. 그와 동시에 오른편 숲에서 몬스터가 나타났다.

끼이익!

온통 붉은색으로 이뤄진 진월만 한 거대한 개미가 기이한 울음을 토해내며 앞으로 뾰족하게 튀어나온 턱으로 위협했다.

"아우우!"

챙강아앙! 지지직!

진월은 다급히 여우곡을 시전하면서 단검을 들어 올려 개미의 턱과 부딪쳤다. 그러자 진월이 힘에 밀리며 뒤로 밀려났다.

결국 진월은 힘겨루기를 단념하며 단검과 함께 몸을 비틀었다.

휘리릭!

진월의 몸이 빠르게 회전하며 개미의 무수한 다리를 노렸다.

"6선!"

정지된 듯한 시간 속에서 여섯 개의 선이 나타나며 개미의 다리들을 노렸다. 한데 놀랍게도 개미는 높이 뛰어서 피해 버렸다.

'실수군.'

진월은 쓴웃음을 흘렸다. 개미의 모습으로 인해 무의식적으로 점프를 하지 못할 것이라 판단한 것이다.

끼익! 쿠우웅!

실망을 느낄 틈도 없이 진월은 다급히 몸을 날려 바닥을 굴렀다.

솟구친 개미가 자신이 서 있는 곳에 육중한 체중을 실어 떨어져 내린 탓이다.

투투투툭!

개미는 그런 진월을 향해 쉬지 않고 돌진했다.

'이용해야겠군.'

근방에 큰 바위를 발견한 진월은 그쪽으로 달리기 시작했다. 그리고 바위를 등진 채 개미를 돌아봤다.

개미는 몸으로 부딪치겠다는 듯 여전히 속도를 줄이지 않았고, 부딪치기 직전 이번에는 진월이 높이 솟구쳤다.

콰지지직!

개미와 바위가 부딪쳤다. 놀랍게도 금이 간 것은 바위였다. 하나 진월은 당황치 않으며 개미의 목 부근에 떨어졌다.

"일격!"

개미의 육체는 단단한 껍질로 이루어져 있었지만 사이사

이 채 보호되지 않는 부분이 있었다. 그곳에 정확히 꽂힌 진월의 단검!

그렇지만 괜히 죽음의 계곡의 몬스터가 아니었다.

푸슛! 치이익!

분수처럼 피가 튀자 진월은 얼굴을 일그러뜨리며 물러섰다. 몸에 닿았는데 마치 염산처럼 타들어갔기 때문이다.

'큭! 이것 봐라?'

개미의 턱을 막아선 진월의 얼굴에 당혹감이 서렸다.

몬스터가 방금의 일격으로 죽으리라고는 생각지 않았지만, 움직임과 힘이 더욱 빠르고 강해질 줄은 몰랐다.

치치칙! 치치칙!

더불어 개미의 피가 계속 솟구치고 있었는데, 몸에 닿을 때마다 생명이 조금씩 줄어들고 있었다.

"폭!"

진월은 뒤로 물러서는 척하다가 기습적으로 스킬을 시전했다.

콰아앙!

레벨이 높아진 폭의 폭발과 함께 얼굴이 연기에 휩싸인 개미가 뒤로 주춤거렸다. 진월은 틈을 놓치지 않고 회피를 사용하며 따라붙었다.

"6선! 물의 파편!"

두 개의 스킬이 시간차로 개미의 생명을 갉아먹으며 정신을 차리지 못하게 했다. 그리고 마지막으로 계속해서 벌어져 있는 개미의 입안을 향해 일격이 쏟아져 들어갔다.

끼이익! 털썩!

머리가 안에서부터 관통당한 개미는 결국 최후의 신음과 함께 쓰러졌다.

질경, 질경.

진월은 딱딱한 껍질 속에 숨어 있는 열매를 씹으며 한숨을 길게 내쉬었다.

상황이 너무나 위험하다고 판단되어 애란은 역소환한 상태였다. 물론 그녀를 향한 걱정보다 짐이 되는 부분이 더 컸다.

빠르게 도망쳐야 하는데 속도를 따라오지 못했으니까.

"퉤에."

단물이 다 빠져나가자 진월은 열매를 뱉고 새 것을 입에 넣었다.

'일주일은 넘게 걸리겠군.'

빛의 기둥을 바라보는 진월의 얼굴에 짜증이 맺혔다. 이런 식의 장치가 숨어 있을 줄은 미처 몰랐다.

개미를 해치우고 라르크와 아이템을 습득한 진월은 숫돌을 먼저 꺼냈다. 개미의 피로 인해 장비들의 내구도가 떨어진 탓이다.

한데 어이없게도 인벤토리가 열리지 않았다.

즉, 소모용 아이템들은 물론 포션들까지 그 무엇도 사용할 수 없다는 뜻이었다.

그 후 진월에게는 끔찍한 하루, 하루가 이어졌다.

전진을 하다 생명과 마나가 채 회복이 되기 전에 다른 몬스터들의 기척을 느끼면 숨어서 지나가기만을 바라야 했다.

부근에서 배회하면 몇 시간이든 숨을 죽인 채 기다렸다.

그러다 들키고 이길 수 없다고 판단되면 죽어라 달린 후, 지금처럼 안전한 곳에서 몸을 숨겨야 했다.

생명과 마나도 문제였지만, 체력도 간과할 수 없는 부분이었다. 체력이 낮다면 생명, 마나가 있어도 제대로 된 전투를 하기 힘드니.

인벤토리가 열리지 않으니 스킬이 있어도 요리를 해먹을 수 없었으며, 먹고 있는 열매들 역시 큰 소용이 없었다.

그뿐 아니라 섭취해서 체력을 회복하는 데는 제한이 있었기에 시간이 아까워도 기다릴 수밖에 없었다.

'사라졌다.'

진월은 몬스터들의 기척이 멀어져 가자 몸을 뒤덮고 있던 커다란 풀잎을 천천히 젖혔다.

혹시나 해서 다시 주위를 탐색했지만 느껴지는 것은 없었다.

‘좋아. 가자.’

진월은 숨을 짧게 내쉬며 도둑처럼 최대한 발소리가 나지 않게 움직였다.

차원의 틈새의 육체이기에 그럼에도 빠른 속도를 낼 수 있었지만, 진월로서는 답답하기 그지없었다.

하나 귀와 감각이 예민한 몬스터들도 있어 무리했다가는 어떤 위험을 겪게 될지 알 수 없었다.

‘뭐지?’

5분여를 전진했을 때였다.

진월은 저도 모르게 발걸음을 멈추고 주위를 살폈다. 분명 움직임은 느껴지지 않는데 왠지 모르게 오싹했다.

오감이 경고를 하는 것이다. 위험하다고!

‘설마…….’

머릿속으로 어떤 생각이 스쳐 지나가자 진월은 빠르게 나무 뒤에 몸을 숨겼다. 그리고 돌멩이를 하나 집어 들어 앞으로 던졌다.

털썩! 파사삿!

“뭐지? 분명히 다가오고 있었는데…….”

“우리를 눈치챈 게 아닐까?”

“그렇다면 근처라는 얘기겠군. 히히. 어디 있을까?”

진월의 미간이 좁혀졌다.

처음 보는 사람 형태의 나비 날개가 달린 몬스터들이 자신보다 먼저 기척을 감지하고, 숨어서 기다린 것이다.

'어떻게 해야 되나.'

움직인다면 분명 위치가 드러난다.

만약 한 마리라면 붙어봤을지 모르겠지만 세 마리였다. 죽음의 계곡 몬스터들이란 사실과 퀘스트의 특성을 생각하면 절대적으로 피해야 했다.

'다른 방법이 없군.'

몬스터들이 코를 쿵쿵거리며 점점 좁혀오자 진월의 두 눈동자에 슬픔이 가득 맺혔다.

쿠울, 쿠울.

반지에 역소환된 애란은 마음 편히 자고 있었다.

마음껏 활동하며 진월과 함께 있는 게 더 즐거웠지만 이곳도 나쁘지 않았다.

마치 어머니의 뱃속처럼 잔잔함과 포근함이 느껴졌다.

지이잉!

'우웅?'

그런 애란이 반지의 문이 열린다는 사실을 느끼며 잠에서 덜 깬 두 눈을 비볐다.

"서방님?"

"쉿!"

밖으로 나온 애란은 언제 자고 있었냐는 듯 활짝 웃으며 진월의 품에 안겼다. 한데 진월이 다급히 입을 막았다.

그가 위급하다고 느낄 때 나타내는 조심스러움이었다.

"애란아."

진월이 작은 목소리로 말하며 목 뒷덜미를 부여잡았다. 무언가가 스치고 지나갔다.

"너의 사랑을 잊지 않으마……."

그 말과 함께 뒷목을 부여잡고 집어 던지는 진월! 애정을 가득 담아 최대한 자신한테서 멀리 던졌다!

"키키키! 저기다!"

"누가 먼저 죽이나 시합이다!"

"당연히 내가 먼저지!"

"……."

진월이라 착각한 세 마리의 몬스터는 빠른 속도로 애란에게 날아갔다.

애란의 명복을 빌던 진월은 흐르지도 않는 눈물을 닦으며 그 틈에 전진했다.

"이 지독한 놈들!"

목소리에 짜증이 잔뜩 담긴 진월의 단검이 한 마리 몬스터의 배를 관통시켰다.

"하아, 하아……."

진월의 육체가 휘청거렸다. 입에서는 단내가 났으며, 누군가 툭 건드리면 쓰러질 만큼 체력이 떨어진 상태였다.

'다 와간다……'

전신이 자잘한 부상으로 뒤덮인 진월은 바위들 사이에 몸을 숨긴 채 거친 숨을 몰아쉬었다.

그러면서 한 손에 쥐고 있던 풀의 즙을 내 상처들에 발랐다.

휴식을 취하던 도중에 발견한 풀로, 상처를 단시간에 아물게 하는 효능이 있었다.

'그나마 큰 부상은 곧바로 회복되어서 여기까지 올 수 있었어.'

중도에 수많은 위기를 겪었다.

복부가 관통되기도 했으며, 팔이 잘리기도 했다. 하나 싸울 수 없을 정도의 치명상을 입으면 곧바로 회복됐다.

마치 시간이 몇 초 전으로 돌아간 것처럼 말이다.

단, 그때마다 알림 음이 나타났었는데 0이 되면서 이제는 그 조차도 불가능했다.

'이제 가볼까.'

두세 시간 정도 휴식을 취하며 몸의 상태를 끌어올린 진월은 기척을 살피며 천천히 일어서 접근했다.

"거기까지다."

등 뒤에서 들리는 목소리에 진월은 입술을 잘근 깨물며 갈등했다.

목적지는 지척이었다. 회피를 시전하고 달린다면 몇 분 안에 도착할 수 있었다. 그러나 몬스터를 따돌릴 수 있냐가 문제였다.

스으윽.

진월은 일단 등을 돌리며 적을 관찰했다.

말의 하체에 투구를 쓴 기사의 모습이었고, 한 손에는 창이 들려 있었다.

"여기까지 올 줄이야… 하지만 이제는 끝이다. 나를 만났… 야!"

자만하며 뻥뻥 소리치던 오렌은 진월이 무시하고 달아나자 당황을 금치 못했다. 이런 일은 변방의 라스베라스에서도 상상조차 할 수 없는 일이었다.

"거기 서지 못할까!"

오렌은 곧 자신을 추스르며 빠른 속도로 진월을 쫓기 시작했다.

'빠르다.'

진월의 표정이 어두워졌다. 이토록 단숨에 거리가 좁혀질 줄은 몰랐다.

'피할 수 없겠군.'

결국 진월은 일부러 속도를 조금 늦추며 더욱 따라붙을 때까지 기다렸다. 그리고 갑작스럽게 신형을 돌리며 오렌의 다리를 노렸다.

상체는 단단한 투구와 갑옷들로 인해 큰 데미지를 입히지 못하겠지만, 말의 다리는 달랐다.

"6선!"

샤아악!

신비한 여섯 개의 선이 오렌의 다리를 노리며 파고들었
다.

미처 피하지 못한 오렌의 다리가 6선에게 잡아먹혔다. 한
데 놀라운 일이 벌어졌다.

까가강!

마치 단단한 철에 부딪치는 듯한 소리와 함께 6선이 소멸
된 것이다.

'어떻게……'

진월은 자신의 눈을 믿을 수가 없었다.

분명 털로 이루어진 말의 다리인데 6선이 아무런 흠집조차
내지 못하다니!

"크큭. 이 바보 같은 녀석! 약해 보이겠지만 나에게 있어
가장 단단한 부위가 바로 다리이다!"

"그렇군! 약점은 어디이냐!"

그가 단순하다는 사실을 알아차린 진월이 태연하게 되물
었다.

오렌은 대놓고 속보이는 진월에게 실소를 흘리며 손가락
을 까딱까딱 저었다.

"약점이 어디냐고 물으면 엉덩이라고 대답할 것 같으냐!

내가 바보인 줄… 헉!"

"……."

투구를 쓰고 있음에도 식은땀이 흐르는 듯한 오렌!

"서, 설마 믿지는 않겠지? 거짓말일 수도 있지 않은가!"

혼자 찔려서 말까지 더듬는다.

진월은 그런 오렌을 믿어주기로 결심했다.

"알겠다. 너의 약점은 엉덩이가 아니었군! 하나 나는 정정
당당한 남자이기에 엉덩이만 공격하겠다!"

"말이 앞뒤가 안 맞잖아!"

"왜? 엉덩이가 약점이 아니라며? 응? 응?"

구타를 부르는 밉상의 진수!

오렌은 속에서 치밀어 올랐지만 더 이상 말을 섞어봐야 자
신만 손해라는 사실을 깨닫곤 힘차게 접근했다.

"빛의 창!"

파아앗!

"6선! 물의 파편!"

오렌의 창이 10여 개로 늘어난 듯한 착각을 불러일으키며
쇄도하자, 진월은 두 스킬을 시간차로 발휘했다.

창과 6선이 허공에서 부딪치며 사라졌다. 그 뒤를 이어 물
의 파편이 적중했다. 그리고 반가운 소리가 들렸다.

스턴 효과 발생! 4초간 정신을 차리지 못합니다!

진월의 입가에 사악한 미소가 맺혔다.

"으응?"

오렌은 머리를 세차게 휘저었다.

서로의 기술을 맞부딪친 순간부터 잠시 의식을 잃은 느낌이다.

"무슨 마법을……."

오렌은 창을 들어 올리며 맞은편에 있을 진월을 향해 소리치다 오싹한 느낌을 강렬하게 받았다.

놈이 보이지 않았다. 그뿐 아니라 엉덩이 부근이 왠지 찌릿찌릿하다!

"일격!"

1초 전 오렌의 엉덩이로 이동한 진월은 스턴이 풀리자마자 일말의 자비심도 없이 단검을 꽂아버렸다.

푸우욱!

"커, 커어억!"

오렌의 입에서 기가 찬 듯한 비명이 새어 나왔다.

고통도 고통이었지만 어이가 없었다. 남자들의 진검승부에서 항문을 기습하다니!

"아하하. 내 약점은 엉덩이가 아니라니까?"

다급히 거리를 벌린 오렌은 휘청거리면서도 애써 태연한

척 웃으며 진월을 설득했다.

"안다. 그래도 노릴 거야!"

"왜!"

"탐스러우니까!"

"……."

오렌은 말문이 막힌 채 멍하니 진월을 쳐다봤다. 둘 다 남자인데… 왠지 기분이 나쁘지는 않았다.

"너와 싸우고 싶지 않다. 비켜라. 막으면 또 찌른다?"

'크윽!'

진월이 단검을 후 불며 낮은 어조로 협박하자 오렌의 몸이 부르르 떨렸다.

방금 전 일격으로 인해 안 그래도 크나큰 데미지를 입었다. 만약 또 같은 상황이 펼쳐진다면 자신의 목숨은 장담할 수 없었다.

그뿐 아니라 치질이 더 심해질지도 모른다!

그러나 사명을 가지고 죽음의 기사로 살아가고 있는 자신이 순순히 물러날 수도 없었다.

결국 오렌은 주먹을 불끈 쥐고 굳은 결심과 함께 엄청난 살기를 내뿜으며 소리쳤다.

"아직도 안 가고 뭐 했어!!"

당당히 소리를 치며 물러나 만족스러운 오렌이었다.

"드디어 도착했다."

일주일이란 시간 만에 빛의 기둥에 도착한 진월은 잠시 넋 놓고 바라봤다.

이토록 강렬한데도 눈에 불편함을 전혀 주지 않는 빛의 기둥은 하늘과 닿아 있는 듯 보였다.

곧 진월은 기둥 안으로 들어갔다.

퀘스트가 갱신됐습니다.

Quest

[죽음의 계곡—카인의 인연]
생과 사를 넘나드는 사선에서 만난 인연.
카인이 사라지자 그녀 역시 자취를 감췄다.
카인을 대신해 닫힌 그녀의 마음을 열어라.
난이도:C++
퀘스트 조건:결계에 들어선 자
퀘스트 혜택:비공개

'인연?'

빛의 기둥에 들어서자 눈앞에 펼쳐진 곳은 마법의 구들로 인해 곳곳이 환하게 밝혀진 동굴이었다.

그와 함께 퀘스트가 갱신됐는데 내용이 심상치 않았다.

'설마… 펫 퀘스트인가!'

진월의 얼굴이 이보다 찌푸려질 수 없었다.

물론 펫 퀘스트가 아닐 수도 있고, 설령 펫이라 할지라도 애란처럼 쓸모없지 않을 수도 있었다.

그러나 인생에는 언제나 만약이 뒤따른다. 긍정적이든, 혹은 부정적이든!

'만약 또다시 반복된다면……'

생각만 해도 절로 욕이 나오는 상상!

하나 추측만 가지고 퀘스트를 포기할 수 없는 노릇이다. 다음 퀘스트를 진행하기 위해서라도 피할 수 없고 말이다.

결국 진월은 제발 하늘이 자신을 질투하지 않기를 바라며 조심스럽게 안으로 전진했다.

쿵쿵!

20여 분 정도를 걸었을 때였다. 깊은 안쪽에서 맛있는 냄새가 났다.

'그녀인가?'

진월은 예상보다 빨리 만났다는 생각을 하며 빠른 걸음으로 냄새가 나는 곳으로 다가갔다.

지글지글!

"아무도 안 계세요?"

진월은 의아한 얼굴로 주위를 둘러보며 소리쳤다.

동굴이기에 몸을 숨길 만한 곳은 존재하지 않는데, 고기만 구워지고 있을 뿐 주인은 보이지 않았다.

'기다려야 하는 건가?'

퀘스트가 어떻게 진행되는지 알 수 없는 상황에서 그녀일지도 모르는 흔적을 발견했는데 지나칠 수는 없었다.

진월은 잠시 서서 기다리다가 한참이 지나도 오지 않자 결국 자리에 앉았다.

그리고 누구인지 확신할 수 없는 주인을 대신해 토끼 고기를 이리저리 돌리던 그 순간이었다.

검을 든 누군가가 진월에게 접근했다.

Chapter 9
가면의 기사

“너 진월님과 같이 산다고 했지?”

메샤가 쿠키를 한입 베어 물며 궁금해하자, 스나가 활짝 웃으며 고개를 끄덕였다.

“응. 우리 오빠 가장 친한 친구야. 지금은 우리 집에서 함께 지내고 있고.”

“오빠라면… 그분?”

“기억나? 언니 우리 집 두 번째 놀러 오던 날, 우리 오빠가 계속 따라와서 울며 전화했었잖아.”

메샤와 스나는 동시에 웃음을 터뜨렸다. 그날의 일은 언제 떠올려도 재미있었다. 또한 애써 순한 표정을 짓던 훈남의 모습도 인상 깊었다.

"그런데 왜 너희 집에서 지내?"

스나는 언니와 오빠뿐 아니라 아버지도 함께 살고 있었다.

그런 곳에서 진월이 같이 지내는 이유가 쉽게 추측되지 않았다. 그도 가족이 있을 텐데 말이다.

"그게……."

스나는 어떻게 대답해야 할까 잠시 망설였다.

진월이 고아가 된 것은 굳이 숨길 만한 이유가 없지만 굳이 말하고 싶지도 않았다. 괜히 동정의 시선으로 볼까 봐.

"오빠가 차원의 틈새도 같이 하자고 설득했고. 겸사겸사."

"히히. 그렇구나."

스나가 감추고 싶은 듯한 기색을 보이자 메샤는 더 이상 캐묻지 않았다.

"진월님은 어떻게 생겼어?"

"언니, 오빠한테 관심있어?"

아이스크림을 먹으며 대답하려던 스나는 불안한 예감을 느끼며 되물었다.

메샤를 알고 지내는 동안 한 남자의 얘기를 이토록 오래하는 경우는 처음이었다.

"있으면 안 돼? 유명하시고, 인기도 많고……. 쪼잔한 거 빼고는 성격도 좋으신 듯하고, 게임 애인으로는 좋잖아."

"안 돼!"

스나가 격하게 고개를 저으며 반대했다.

"왜에? 애인 있… 혹시 너?"

스나의 반응으로 인해 속내를 알아차린 메샤가 살짝 놀라면서도 흥미롭다는 듯 물어봤다.

"아직 그런 사이는 아닌데……."

"좋아하는 거야?"

"응. 짝사랑이야."

"네가? 정말?"

메샤는 큰 두 눈을 깜빡였다.

스나가 누군가와 연애를 하는 것은 놀랍지 않았다.

한데 외모부터 집안까지 모든 부분이 완벽하다고 할 수 있는 퀸카인 그녀가 짝사랑을 하고 있다니.

"히히. 많이 좋아해……."

스나가 수줍은 듯 얼굴을 붉히며 작은 목소리로 말하자, 메샤는 그녀가 일시적인 감정이 아니라는 사실을 알 수 있었다.

"잘생기셨어?"

"응. 그 누구보다!"

"어떤 면이 가장 좋은데?"

"글쎄."

스나는 진월을 떠올렸다. 그의 장점을 꼽으라면 너무나 많아 쉽게 고를 수가 없었다.

"음. 굳이 택하라고 한다면……."

말끝을 흐린 스나가 혀를 살짝 내밀더니 재차 말을 이었다.
"오빠, 그 자체가 좋아하는 이유야."

*　　*　　*

로얄이 두 손을 번쩍 들자 화려한 이펙트와 함께 천둥번개가 내리쳤다.
콰콰쾅!
삽시간에 수십 번 내리쳐진 번개는 주위를 초토화시켰고 아인과 민트는 엄지손가락을 치켜세웠다.
"잘했어. 앞으로도 우리들의 업을 위해 수고해 줘."
민트가 흡족한 듯이 로얄의 어깨를 툭툭 치며 말했다.
"이야. 이렇게 대놓고 부려 먹기야?"
"아인이를 위해서 그 정도도 못해?"
민트가 새하얀 치아를 드러내며 놀리자, 로얄은 한쪽 무릎을 꿇더니 아인에게 고개를 숙였다.
"아인 공주님의 평생 신하, 로얄입니다."
"정말 둘 다 왜 이래…… 풉."
아인은 결국 둘의 주고받는 장난에 웃음을 터뜨렸다.
사냥을 마친 셋은 밥을 먹기 위해 자리를 옮겼다.
"진월과 소울이 길드를 만들면 어떻게 될까?"
"뭐? 그런대?"

식욕을 자극하는 향기와 열기를 내뿜는 요리들이 나올 때 로얄이 묻자, 민트가 두 눈을 크게 뜨며 되물었다.

접해본 적이 없는 소식이었으며 만약 진짜라면 대박이었다.

"아니, 둘이 최근 가깝게 지낸다는 얘기를 들어서. 혹시 그럴 수도 있지 않을까 추측했을 뿐이야. 그 둘은 길드도 없고, 힘을 합친다면 불가능이 없을 듯하니."

민트는 고개를 끄덕이며 아인의 눈치를 살폈다.

그녀의 안색은 조금 어두워졌지만 크게 티 나지는 않았고, 스스로도 노력하는 듯 보였다.

"만약 그렇게 된다면… 많은 유저들이 관심을 가지겠지. 그뿐 아니라 기존 세력들이 합병을 원할 수도 있을 테고. 새로운 핵이 등장하는 거랄까?"

"그리되면 흥미롭겠다."

로얄이 민트와 대화하다 한쪽 눈을 아인에게 질끈 감았다. 아인은 애써 웃어줬다.

'바보 같은 사람……'

그는 언제나 이러했다. 어디에서나, 누구와 있거나, 받아주지 않는 자신한테서 시선을 떼지 않았다. 어쩌면 그도 진원처럼 바보인지도 모른다.

물론 그 사람의 진정한 면은 이별을 할 때 알 수 있다고 하지만 말이다.

지이잉.

홀로 남게 된 시간. 아인은 한적한 공원 호수를 찾아 하염없이 바라보다 마법으로 소환수를 생성했다.

파란 새의 형상을 가진 소한수는 아인의 곁을 맴돌며 맑은 소리로 울었다.

"그에게 전해줄래?"

아인이 새의 머리를 쓰다듬으며 독백했다.

"보고 싶다고……."

*　　　*　　　*

"맛있겠다. 한입만 먹……."

토끼의 육즙이 흐르자 저도 모르게 입맛을 다시던 진월은 다급히 자리에서 일어섰다.

챙강!

"큭, 이게 무슨 짓입니까!"

상대의 기습을 황급히 막은 진월이 소리쳤다. 하나 그는 대답도 없이 강렬하게 밀어붙였다.

'대단한 힘이다.'

진월은 힘겨루기에서 밀리는 것을 느끼며 그를 쳐다봤다.

처음에는 퀘스트의 그녀가 아닐까 했는데, 갑자기 나타난이는 남자였으며 얼굴에 가면을 쓰고 있었다.

"저는 당신의 적이 아닙니다!"

진월은 검로를 비틀어 남자의 검을 흘린 뒤, 한 걸음 물러섰다. 퀘스트와 관련된 인물인지, 누구인지 알 수 없으나 최대한 싸움은 피하고 싶었다.

스으윽.

그런 남자는 날카로운 두 눈을 빛내며 손가락으로 무언가를 가리켰다. 그것은 다름 아닌 진월이 들고 있는 토끼 고기였다.

진월은 기가 찼다. 설마 고기 때문에 사람을 죽이려 한다는 말인가!

만약 한입이라도 베어 물었다면 억울하지도 않겠지만 자신은 대신해서 구워주고 있었을 뿐이다!

"오해가 있으신가 본⋯⋯."

타아앗!

'말이 안 통하는군!'

진월은 짜증이 끓어오름을 느끼며 고개를 절레절레 저으며 물의 파편을 시전하려 했다. 일단 이겨야 대화를 할 수 있을 듯하니.

한데 진월의 바람은 이뤄지지 않았다.

물의 파편이 발휘되기 직전, 남자의 신형이 눈앞에서 사라지더니 등 뒤에 나타났기 때문이다.

도저히 따라잡을 수 없는 순간 스피드!

콰아앙!

"이런!"

진월은 스킬을 회수하며 남자의 내려쳐지는 검을 수비했다. 그런데 위력이 얼마나 센지 몸이 휘청거렸다.

그 틈을 놓치지 않으며 남자는 기운을 실은 베기를 날렸다.

싹둑!

"……."

남자와 진월의 시선이 동시에 바닥에 떨어진 무언가로 향했다.

채 중심을 잡지 못해 토끼 고기를 희생시킨 것이다.

"저로선 불가항력의……."

"우오오!"

왠지 고기에 집착하는 듯한 그에게 해명을 하려던 진월의 전신이 부르르 떨렸다.

그가 처음으로 고함을 질렀는데, 동시에 살을 찌르는 무시무시한 살기가 발출됐기 때문이었다.

파지직!

"쿨럭, 하아……."

머리가 피투성이가 된 채 벽에 부딪친 진월의 육체가 힘없이 바닥에 쓰러졌다.

‘강하다…….’

남자는 자신을 압도했다. 비록 상처를 여러 개 입었다고는 하지만 치명상은 아니었고, 크게 지치지도 않은 듯했다.

한데 자신은 생명이 남아 있으나 움직일 체력이 존재하지 않았다. 그의 움직임을 따라잡기 위해 무리한 결과였다.

터벅, 터벅.

남자가 검을 거둔 채 진월에게 다가왔다. 진월은 거친 숨을 내쉬며 그를 올려다봤다.

“꽤 쓸 만해졌어.”

남자는 자신의 팔에서 흐르는 피를 닦으며 말했다.

‘뭐……?’

진월의 두 눈이 커졌다. 자신을 알고 있다는 말인가?

“일단 토끼 고기의 빚을 먼저 받도록 하지.”

“…….”

진월로서는 억울하기 그지없는 토끼 고기!

남자는 진월이 채 뭐라고 말도 하기 전에 멱살을 잡고 끌어올리더니 손을 풀었다. 그리고 시작된 화려한 구타!

더럽게 아픈 곳만 골라서 때린다! 때린 곳을 또 때린다!

‘설마…….’

정신없는 구타 속에서도 진월은 잊을 수 없는 한 사람을 떠올렸다.

그러고 보니 왠지 검술도 낯익었으며 목소리도 마찬가지

였다. 지금의 구타는 완전 익숙했다!

두 달이라는 시간 동안 지겹게 맞고 치를 떨었지 않았던가!

"트라이님……?"

우뚝!

진월이 차라리 아니기를, 차라리 적이라 자신을 죽이기를 바라면서도 혹시나 하는 마음에 말문을 열었다.

그러자 남자는 움직임을 멈추더니 진월을 잠시 내려다보다 부정하지 않으며 고개를 끄덕였다.

"이제야 알아보다니."

트라이가 실소와 함께 가면을 벗었다.

"트라이님!"

꿈에서도 악몽인 트라이의 얼굴이 드러나자, 진월이 눈은 울지만 입은 억지로 웃으며 그의 품에 달려가 안겼다.

누가 본다면 정말 절친한 사이의 재회인 듯하지만 실상은 진월의 살기 위한 처절한 몸부림!

"그토록 내가 보고 싶었냐!"

예상치 못한 진월의 환대에 트라이는 기쁨을 감추지 못했다.

그리고 진월을 자신의 품에서 떼어놓더니 세상 누구보다 자상한 눈길로 따스하게 말했다.

"일단 아직 덜 맞았거든?"

토끼 고기보다 못한 진월이었다.

“여기는 어쩐 일이세요?”

얼굴이 퉁퉁 부은 진월이 새로 잡은 토끼를 구우며 물어봤다. 그를 이곳에서 만나리라고는 상상조차 할 수 없었다.

“서베 그 영감이 부르더니 주문서를 하나 주던데.”

‘이 영감탱이!’

진월은 저도 모르게 주먹에 힘이 들어갔다.

주문서 하나에 그토록 귀하게 굴더니 다른 이도 아닌 트라이에게 주다니!

“그보다 네가 이곳에 오다니… 많이 컸구나.”

“트라이님 덕분입니다.”

조금이라도 덜 맞기 위한 생존 아부! 트라이는 쑥스럽다는 듯 고개를 끄덕였다.

“알면 노릇하게 잘 구워라.”

“네네. 그래야죠.”

“그녀라……. 어쩌면 쉽지 않을지도 모르겠군.”

“그녀를 아십니까?”

토끼 고기를 천천히 돌리던 진월이 트라이에게 시선을 던졌다. 그는 추억에 잠긴 표정이었다.

“몇 번 만난 적이 있었지. 그를 제외하곤 우리한테도 마음을 열지 않았었어.”

진월의 얼굴이 어두워졌다. 트라이와 모두가 그토록 가까운 관계였는데도 카인 외에는 받아들이지 않았다니.

"어쩌면 그녀가 살아온 삶 때문인지도 모르지."

"어떤 시간을 보냈기에……?"

"듣고 싶나?"

트라이가 드물게 진지한 눈빛으로 묻자, 진월은 침을 꿀꺽 삼켰다. 그 눈빛은 마치 후회할지도 모른다는 뜻이 담겨져 있었다.

"네. 그분의 마음을 열기 위해서라도 듣고 싶습니다."

진월이 확고한 의지를 비추자, 트라이는 짧은 숨을 내쉬더니 안타까운 어조로 알려줬다.

"나도 모른다."

"……."

트라이의 전매특허, 뻔뻔하게 혈압 올리기!

진월은 속에서 부글부글 끓어올랐지만 기대한 자신이 순수한 거라 자찬하며 다 익은 토끼 고기를 내밀었다.

"그런데 애란이는 역소환 상태인 거야? 불러봐."

다리 부분을 질겅, 질겅 씹던 트라이가 말하자 진월은 잠시 흠칫했다.

소환하는 일은 어렵지 않다. 하지만 보복이 두려워 그날 이후로 아직까지 한 번도 부르지 않았다.

그러나 트라이를 상대로 땡깡을 피워봐야 돌아오는 것은 구타! 진월은 결국 애란을 소환했다.

번쩍! 쏴아아.

음산한 빛과 함께 애란의 모습이 드러났다.

"후후후."

고개를 푸욱 숙이고 있던 애란은 진월의 입장에서 소름 끼치는 웃음을 흘리며 천천히 얼굴을 들었다.

그런 그녀의 두 눈은 원수를 발견한 듯한 살기가 진하게 배어 있었다.

"이게 누구야~ 고집있는 우리 서방 새끼네?"

"……."

웃는 얼굴로 대놓고 짜증과 욕 작렬!

평소라면 절대 용납할 수 없겠지만 두 번이나 같은 짓을 한 진월은 귀여운 척까지 하며 애란의 기분을 풀어주려 노력했다.

진월의 진심 어린 노력을 이해해 줘서일까. 애란은 천사와 같은 눈빛으로 다가가 자신의 하나뿐인 서방을 꼬옥 감싸 안았다.

그리고 전력을 다해 후려쳐 버렸다! 사랑 속에 채찍질을 잊지 않는 그녀였다.

"필요한 목록 적어두겠습니다. 아시겠습니까?!"

"애란아!"

"아니, 트라이님?"

이것이 잡고 사는 여자라며 뿌듯해하던 애란은, 뒤늦게 트

라이를 발견하고는 양팔을 활짝 벌리는 그에게… 안면 드롭
킥을 선사했다!

"커어억!"

"그러고 보니 트라이님에게도 하고 싶은 말이 참 많네요?"

주먹을 우드득, 우드득 풀며 다가가는 애란!

어떤 의미에선 먹이사슬의 정점에 올라서 있는 그녀였다.

"저곳이다."

동굴 반대편 입구로 나오자 앙상한 나무들과 회색빛 안개
가 자리하고 있는 언덕이 나타났다.

트라이는 그 언덕 위에 자리하고 있는 탑을 손가락으로 가
리키며 알려줬다.

"도와주실 건가요?"

진월은 기쁨과 절망을 동시에 느끼며 물어봤다.

트라이가 동행을 한다면 그 어떤 유저보다 든든하고 믿을
만한 치원군을 얻게 된 셈이지만, 고생길도 훤했다.

그동안 트라이한테 받았던 설움과 구타들만 생각하면 아
직도 면상을 갈기고 싶다!

"뭐, 너 혼자서는 힘들 테니까. 아주 사소한 부탁도 할 것
도 있고 말이야."

진월의 두 눈동자가 가늘어졌다. 설마 조건이 걸려 있을 줄
이야.

음흉함이 흐르다 못해 맺힌 저 눈빛으로 보아 절대 쉽지 않은 과제임이 분명했다. 하지만 거절하자니 지금의 퀘스트도 막막했다.

또한 거절할 경우, 자신의 이득을 위해 두들겨 패서라도 동의하게 만들 그였다.

"아, 알겠습니다. 그러면 올라가도록 하죠."

"으하하! 좋아! 앞장서라. 죽을 수 있을지도 모르니 특별히 너에게 양보하마!"

"……."

안타까운 얼굴로 선심 쓰듯 말하지만 대놓고 방패가 되라는 뜻!

애초에 기대조차 하지 않았던 진월은 이제는 익숙한 체념과 함께 앞으로 나섰다.

사아아아.

산 중턱에 올라갈 때쯤부터 안개가 짙어지기 시작했다.

자연 현상으로 보기에는 너무나 급속도였기에, 인위적으로 조작하는 듯했다.

"트라이님?"

안개로 인해 한 치 앞도 보이지 않게 됐을 때 진월이 고개를 돌려 그를 불렀다.

이때까지는 계속해서 인기척이 느껴졌었는데, 사라진 것처럼 뚝 끊겼다.

‘없다?’

진월의 미간이 찌푸려졌다. 트라이가 보이지 않았다. 아니, 아무리 집중해도 그의 존재 자체가 느껴지지 않았다.

마치 안개가 자신만 가두고 벽을 치는 기분이었다.

터벅터벅.

그때 안개가 옅어지기 시작하더니 위에서 누군가 내려오는 발소리가 들렸다. 그리고 상대를 발견했을 때 진월은 눈을 의심했다.

자신이었다. 닮은 수준이 아닌 거울을 바라보는 듯 완벽히 똑같은 또 다른 진월이 내려오고 있었다.

장비는 물론, 지배자의 단검까지 완벽하게 복사한 모습!

‘이런 거였나.’

진월은 긴장을 늦추지 않으며 트라이의 말을 떠올렸다.

그녀가 적이라면 지켜줄 수조차 없는 상황이 펼쳐질 거라 했다. 그렇기에 애란도 역소환시켰다.

‘나를 상대해야 된다라. 도플갱어를 보게 될 줄은 몰랐군.’

트라이는 자세한 설명은 해주지 않았다. 자신의 발전을 위해서라기보단 단순히 못된 심보!

‘능력도 같으면 곤란한데.’

자신을 마주 보고 있는 진월은 도플갱어가 아무런 미동도 없자 머릿속으로 고민하며 몸을 살짝 움직였다.

그러자 도플갱어도 따라 움직이며 앞을 막아섰다. 결국 진월은 대결을 피할 수 없다고 판단했다.

"아우우!"

"아우우!"

진월이 여우곡을 발휘하자 도플갱어도 거의 동시에 사용했다.

"물의 파편!"

접근한 진월과 도플갱어의 파편이 허공에서 맞부딪쳤다.

"일격!"

푸욱! 푸욱!

'난감하군.'

페이크 모션을 취하며 기습적으로 옆구리에 일격을 시전한 진월의 얼굴이 일그러졌다.

도플갱어 역시 일격을 시전했는데, 수비가 아닌 맞공격이었으며 서로의 옆구리에 단검이 박혔다.

'데미지도 같다?'

일단 한 걸음 뒤로 물러선 진월은 도저히 지금의 상황이 믿기지 않았다.

외형은 마법으로든 복사할 수 있겠지만 어떻게 그 위력까지 완벽히 재현할 수 있다는 말인가?

아무리 자신이 모르는 부분이 있다 할지라도 마치 꿈을 꾸는 착각마저 들었다.

‘생각마저 읽을 수 있는 건가?

똑같이 움직이는 도플갱어를 봐서는 그럴 확률이 높았으나 분명히 미세한 차이는 있을 것이다. 그렇지 않고서는 이길 수 없을 테니까.

무언가를 떠올린 진월은 신경 쓰이는 옆구리의 부상을 잠시 기억에서 지우며 도플갱어에게 접근했다.

도플갱어 역시 그에 맞춰 진월에게 다가갔기에 둘의 거리는 순식간에 좁혀졌다.

“폭!”

콰아아앙!

진월은 도플갱어의 왼팔을 노리며 폭을 시전했다. 한데 폭의 도착지점은 바로 지면이었다.

일부러 머릿속에서 계속 왼팔만을 떠올리다 직전에 위치를 변경한 것이다. 자신의 한쪽 팔을 희생할 감수까지 하면서.

파아앗!

모래와 돌 부스러기들이 높이 솟구쳤다. 그사이 진월은 재빠르게 도플갱어의 뒤를 노렸다. 하나 진월은 입술을 잘근 깨물며 허탈함을 맛봐야 했다.

도플갱어가 그 모든 행동조차 읽어내어 뒤를 잡을 수 없었기 때문이다.

어떻게 싸워야 할지 대책이 서지 않는 진월이었다.

“시작했군.”

트라이는 여유롭게 자리에 드러누우며 길게 하품을 했다. 이제 곧 진월은 힘겨운 대결을 펼칠 테다.

터벅터벅.

안개가 서서히 걷히더니 발소리가 들렸다. 트라이는 자리에서 일어나 검집에서 검을 뽑으며 실소를 흘렸다.

“나도 꽤 얕보였나 보군.”

지금 펼치고 있는 그녀의 술법이 대단하다는 사실을 잘 알고 있다.

하지만 한계를 넘어서 술법을 꿰뚫어 볼 수 있는 이들에게는 통하지 않는다.

그녀가 그 사실을 모를 리가 없을 텐데, 자신에게도 도플갱어를 보낼 줄 몰랐다. 물론 단순한 도발일 수도 있었다.

“이야. 너 정말 미남인데?”

도플갱어와 지척에서 마주 선 트라이는 진심으로 감탄했다.

자신의 얼굴이지만 어찌 이토록 완벽하고 예술적일 수 있는가! 진월조차 기겁할 자뻑!

“미의 완성인 나에게 상처를 내기는 싫지만 어쩔 수 없지.”

그 사실이 진심으로 안타까운 듯 슬픈 눈으로 바라보던 트라이가 순식간에 검을 움직였다.

괜히 바람의 기사라 불리는 것이 아니라는 듯, 진심으로 실력을 발휘하는 트라이의 움직임은 신속 그 자체였다.

차차착! 털썩!

트라이가 돌아보며 방긋 웃을 때였다. 도플갱어의 전신에서 피가 솟구치며 비틀거리다 쓰러졌다.

치이익!

곧 도플갱어의 육체는 처음부터 아무것도 존재하지 않은 것처럼 연기가 되어 사라졌다.

"이 여자, 혼 좀 내야겠어. 나를 귀찮게 하다니."

술법의 파훼법은 어찌 보면 간단했다. 스스로에게 확신을 가지면 되는 것이다.

똑같은 능력과 힘을 가진 도플갱어가 어찌 존재할 수 있겠는가. 그렇다면 그녀는 대륙에서 최강의 존재일 것이다.

카인을 비롯해 수많은 절대자들의 능력을 사용할 수 있다는 뜻이니.

'하나, 그 확신이 어렵지.'

그녀의 결계에 들어선 순간, 가상공간이자 가상 실체를 만들어내는 도플갱어의 술법이 발동된다.

진월 역시 무슨 술수가 있을 것이라 의심할 것이다. 믿을 수 없을 테니까. 그러나 자신의 뇌를, 믿음을 완벽하게 제어하기란 깨달음을 얻지 않고는 힘겹다.

'뭐, 알았다 해도 쉽지 않았을 테니.'

문득 진월한테 미리 사실을 말해줬어야 했나? 생각한 트라이는 과거의 한 장면을 떠올렸다.

기사들에게 미리 언질을 한 후 그녀의 가상현실 술법에 대처하는 수련을 했었다.

정신을 단련하는 데 도움이 될 것이라는 카인의 제안으로 인해서 그녀 역시 순순히 따랐다.

그때 기사들의 눈에는 5미터 정도 높이의 허공이 펼쳐졌는데, 환상이라는 점을 인지하고 있으면서도 추락하는 이들이 많았다.

완벽한 현실의 재현에 확신이 조금이라도 흔들려 불안해하거나, 의심을 한다면 그의 뇌 속에서는 정말 현실이 되어 덮치는 것이다.

그로 인해 단지 땅바닥에 넘어진 것뿐인데도 5미터에서 떨어진 듯한 부상을 입고 말이다.

"이제 진월에게 가볼까?"

그 순간,

스르륵! 푸욱!

갑작스런 기습을 받은 트라이는 인상을 일그러뜨리며 통증이 느껴지는 곳을 쳐다봤다. 검집에 넣으려던 검이 옆구리에 박혀 있었다.

"……"

그 시각 진월은 치열한 사투를 펼치고 있었다.

슈욱! 휘익!

진월이 목을 노리며 단검을 찔러 들어갔다. 하지만 도플갱어도 맞공격을 펼쳤다. 결국 진월은 고개를 비틀어 피할 수밖에 없었고, 도플갱어도 마찬가지였다.

'이래서는 이길 수가 없다.'

온갖 수단을 다 동원해 봤다.

머릿속에서 전투 장면을 그리다 갑작스럽게 변형하기도 해봤고, 아예 아무런 생각을 하지 않으며 몸이 흐르는 대로 움직이기도 했다.

변칙적으로 발은 물론, 머리까지 사용하며 기습도 해봤지만 결과는 마찬가지였다.

'둘 다 한계다.'

상처투성이가 된 도플갱어를 보며 진월은 쓴웃음을 흘렸다. 지금 자신도 저런 상태일 것이다.

진월은 지친 몸을 힘겹게 움직이며 도플갱어와 함께 서로를 돌기 시작했다.

'같이 죽을 수는 없는데.'

진월이 이를 잘근 깨물더니 단검을 높이 던졌다. 그와 함께 두 주먹을 불끈 쥐고 빠른 속도로 파고들었다.

퍼억, 퍼억!

서로의 주먹이 얼굴을 강타했다. 휘청거리는 것도, 재반격을 하는 시기도 모두 똑같았다.

"으랏차!"

진월은 이빨로 도플갱어의 어깨를 꽉! 물었다. 자신의 어깨에서도 진득한 통증이 느껴졌다. 그러면서 주먹은 쉬지 않으며 복부를 강타했다.

쿨럭! 주르륵!

충격을 이기지 못한 둘의 입에서 계속해서 피가 토해졌다.

'네가 죽나, 내가 죽나 해보자!'

진월은 자신의 생명이 빠른 속도로 줄어든다는 사실을 확인하면서도 주먹질을 쉬지 않았다.

'온다!'

그런 진월의 두 눈동자가 반짝였다. 그는 아무것도 떠올리지 않으려 더욱 육탄전에 집중했다.

그러다 갑작스럽게 옆으로 몸을 굴렀다.

푹푹!

진월이 서 있던 자리에 전력을 다해 하늘 높이 던진 단검이 아슬아슬한 차이로 땅에 박혔다.

'도플갱어는?'

진월은 간절한 심정을 담아 시선을 돌렸다. 그리고 두 눈에 체념이 맺혔다. 이조차도 먹히지 않았다.

'될 대로 되라.'

결국 결심을 굳힌 진월은 단검을 뽑아 들어 도플갱어와 마주했다.

서로의 호흡이 닿을 정도로 가까운 거리에서 진월은 최후의 스킬을 시전했다.

"일격!"

둘의 일격이 서로의 심장을 노리며 쇄도했다. 현재 생명으로는 스치기만 해도 죽게 될 상태였고 곧 가슴에 적중했다.

그리고 기적 같은 일이 발생했다.

어떤 공격도 회피할 수 있는 무적이 발동했습니다. 2초! 1초!

"됐… 다!"

진월은 기쁨을 주체하지 못한 채 웃는 얼굴로 쓰러졌다.

비록 당분간 전투를 할 수 없는 몸 상태가 되었다 하지만 그래도 함께 죽지 않았다.

'혹시나 했는데.'

마지막 순간, 머릿속에서 무적이 떠올랐다. 다른 건 다 똑같다 할지라도 일정 확률마저 같을 순 없을 것이라는 기대 때문이었다.

여러 번 스킬이 교차하면서도 아직 일정 확률은 발동하지 않았었기에 가능성은 반반이었다.

그런데 하늘이 자신의 손을 들어줬다.

"다만……."

　진월은 얼마 남지 않은 생명을 확인하며 서글피 웃었다. 대결에서는 이겼지만 결과적으로는 자신의 패배나 다름없었다.

　어떻게든 살아야 퀘스트를 이어나갈 수 있는데, 포션도 그 무엇도 쓸 수 없었다. 결국 회복이 따라가지 못하는 출혈로 인해 죽게 될 것이었다.

　"트라이… 이 새끼! 도대체 어디 있는 거야!"

　결국 진월은 트라이를 떠올리며 짜증에 겨운 소리를 내질렀다.

　그 순간이었다. 바람의 소리와 함께 안개가 갈라지더니 누군가 나타났다.

　"트라이 이 새끼? 하, 하하."

　"……."

　죽음보다 더한 삶이 반겼다.

　"나로 인해 살았다?"

　'거참, 고맙구려.'

　자신의 마나로 응급 치료를 해준 트라이가 생색을 내자, 진월은 울퉁불퉁한 얼굴에서 애써 살기를 감추며 활짝 웃어줬다.

　아무리 욕을 했어도 그렇지, 생사가 위험한 사람을 일단 한 대 때리고 치료하다니!

　그뿐만이 아니었다. 치료를 하는 도중 생명이 회복될 때마다 안전선 안에서 계속해서 두들겨 팼다!

또한 도플갱어에 대해서는 스스로 깨달아야 한다며 알려 주지도 않았다.

"다 왔다."

"이곳이로군요."

언덕으로 올라온 진월은 오래되고 곳곳이 부서져 곧 쓰러질 듯한 탑을 쳐다봤다.

"또 같은 현상이 나타날 수 있나요?"

"어쩌면. 너… 쫄았구나?"

"아니거든요!"

탑 안으로 들어가 2층으로 향하며 진월이 묻자, 트라이가 실실 쪼개며 약 올렸다.

'자신은 없지만 말입니다.'

욱해서 발끈하기는 했지만 만약 또 반복된다면 어찌 될지 알 수 없었다. 운이 따라준 결과가 죽기 직전의 상태였으니 말이다.

'이제 2층. 다행이다.'

걱정과 달리 2층에 올라올 때까지 아무런 일이 벌어지지 않았다. 탑은 3층이었으니 이제 곧 그녀와 마주할 수 있었다.

하지만 진월의 기대는 무참히 깨지고 말았다.

트트트특!

갑자기 탑 전체가 흔들리기 시작했다. 천장에서는 돌 부스러기들이 먼지와 함께 떨어져 내렸다.

"트라이님!"

진월은 낭패를 느끼며 그를 소리쳐 불렀다.

흔들리던 탑이 마치 변신 로봇처럼 곳곳이 뒤틀리기 시작하더니 위치가 변경됐다. 그로 인해 옆에 있던 트라이가 어딘가로 사라지고 말았다.

'큰일이다.'

우려했던 일이 벌어지자 진월은 긴장감 속에서 주위의 기척을 살폈다.

그러자 얼마 지나지 않아 어두운 복도 끝 편에서 어떤 존재가 소름이 끼칠 정도의 빠른 속도로 접근했다.

타타타탁!

진월은 다급히 거리를 벌렸다. 하나 상대는 이미 자신을 스치고 지나가며 검을 움직였고, 진월의 목에서 피가 흩날렸다.

위기를 느끼고 급히 피했기에 이 정도였지. 까딱했으면 치명상을 입을 수도 있었다.

"트라이……?"

한 손으로 목을 매만지던 진월은 막막함을 느꼈다.

자신의 도플갱어도 죽다가 살아났는데, 트라이의 도플갱어라니? 물론 트라이가 세뇌를 당했을 수도 있겠지만 그의 실력을 생각하면 그럴 확률은 희박했다.

그리고 정말 트라이라면 아무리 의식이 없어도 자신의 반

말에 욱했을 것이다!

챙강앙!

'크으윽!'

트라이는 대답을 하지 않으며 진월한테 쇄도했다.

검과 단검이 부딪치자 진월의 육체는 하염없이 뒤로 밀려 났다.

'떠올려라, 떠올려!'

압도적으로 밀리는 진월은 자신의 이성을 재촉하기 시작 했다.

분명 트라이도 자신의 도플갱어와 맞섰다. 한데 그는 옆구 리에 검상 하나만을 입었을 뿐이다.

그렇다면 자신은 아직 깨닫지 못했지만, 한 가지 사실은 확 실했다. 도플갱어는 절대 대등하지 않다는 것.

'혹시?'

진월은 TV에서 봤던 한 장면을 떠올렸다.

어떤 사람에게 차가운 쇠를 뜨겁다고 최면을 건 후, 피부에 올려보는 실험이었는데 놀랍게도 화상을 입던 영상이었다.

'눈에 보이는 게 전부가 아니라 했다! 해보자!'

최면에 관한 뇌의 신비, 트라이의 조언, 마법과 신비가 존 재하는 가상현실!

이 세 가지가 하나로 조합된 진월은 결심을 굳히며 더는 방 어하지 않았다. 그리고 머릿속에서 한 가지만 반복해서 되새졌다.

도플갱어들은 나 자신이 만들어낸 괴물이라고. 현실이 아니라고!

"이크!"

한데 목을 베려는 검이 눈에 들어오자 진월은 저도 모르게 한 걸음 뒤로 물러서 버리고 말았다.

'어차피 죽기 아니면 살기다!'

짜아악!

진월은 정신을 차리기 위해 손바닥으로 자신의 뺨을 세차게 때렸다.

만약 추측이 빗나간다면 어차피 죽게 될 상황이다. 두려워해서는 안 된다.

"와라!"

외침과 함께 두 눈을 천천히 감으며 스스로를 믿었다. 곧 도플갱어의 검이 왼쪽 가슴에 닿았다.

그리고 진월의 입가에 미소가 맺혔다.

"찾지를 못하겠군."

놀라운 정신력으로 도플갱어가 고위 환상이라는 사실을 깨닫자 순식간에 해치운 진월은 달리기 시작했다.

3층으로 올라가기 위해서인데 조금 전 형태가 복잡하게 뒤틀리면서 어디인지 보이지 않았다.

‘이미 도착해 계실 텐데.’

트라이는 도플갱어의 정체를 이전부터 알고 있었으니 시간을 잡아먹히지 않았을 것이다.

“어? 꺼져라!”

그때 방향을 바꾸던 진월은 재차 트라이의 도플갱어와 마주치자, 망설임없이 스킬을 시전했다.

“아하하. 이 새끼 봐…….”

푸우욱!

어이없어하는 얼굴로 웃으며 손을 흔들던 트라이는 멍하니 자신의 손을 바라봤다. 단검이 대롱대롱 매달려 있었다.

“…….”

잠시 후, 진월은 반 시체가 되어 그녀가 있는 3층으로 질질 끌려갔다.

계단에 레드카펫을 펼치며.

『Shadow Fox』 4권에서 계속

Book Publishing CHUNGEORAM

풍림화산

임영기
新무협 판타지 소설

천당에서 지옥으로 질풍노도처럼[風] 거지에서 대살수로 웅크린 숲처럼[林]
복수의 화신으로 불길처럼[火] 악마에서 영웅으로 거대한 山이 된다.

풍림화산(風林火山)

한 사나이의 파란만장한 대역정이 웅장하고 장렬하게 펼쳐진다.

유행이 아닌 자유추구 -
WWW.chungeoram.com
Book Publishing CHUNGEORAM